西日本鉄道殺人事件

西村京太郎著

新 潮 社 版

11570

目次

西日本鉄道殺人事件

第一章　老いたる男の旅

I

坂西勝利《さかにしかつとし》、九十一歳。今回の旅が、最後の旅になるという予感を抱いていた。

それでも、坂西は九州旅行に出発した。

さいわい身体《からだ》は丈夫だが、二年ほど前から右足を悪くし、杖《つえ》をついている。頼りになるのは、娘の弓子《ゆみこ》である。

坂西の九十一年の人生は、大雑把に見れば、平凡なものだ。戦後二十代で、地元の中小企業に就職し、二十九歳で独立した。以後、小さな会社を、今日まで経営してきた。自分でも、地味な人生だと思っている。経営に行き詰まった時期もあったが、何とか克服して、少し遅めの四十歳で結婚、娘が一人できた。弓子である。

八十歳のとき、四十年連れ添った妻の文江《ふみえ》をガンで亡《な》くした。娘の弓子は、一度結婚したが、三年で離婚し、実家に戻って、年老いた父親の面倒を見てくれている。

坂西は、あまり喜怒哀楽を口に出さない人間だが、一つだけ楽しそうに話すことがあった。彼が二十八歳から三十歳の頃、愛する西鉄ライオンズが、日本シリーズで宿敵巨人軍に三年連続勝利したときの歓《よろこ》びについてだった。

それはちょうど、坂西が独立した時に重なる。下請け仕事で、大会社の無理難題に苦しみ、ひとり悪戦苦闘している頃だったから、常勝巨人軍に対して、九州の田舎球団の西鉄ライオンズが挑む姿に、自身も奮《ふる》い起《た》った。昭和三十一年、三十二年、三十三年と、日本シリーズを三連覇したその勢いに、どんなに励まされたかわからないのである。

いかに熱狂的なファンだったか。いまでも、最も西鉄ライオンズが強かったといわれる昭和三十二年の打線を覚えている。

一番センター　高倉照幸《てるゆき》
二番ファースト　河野昭修《こうのあきのぶ》
三番ショート　豊田泰光《とよだやすみつ》
四番サード　中西太《ふとし》
五番ライト　大下弘《ひろし》
六番レフト　関口清治
七番セカンド　仰木彬《おおぎあきら》
八番キャッチャー　日比野武《たけし》

そして九番ピッチャーは稲尾和久《かずひさ》である。監督は三原脩《おさむ》。この年、西鉄ライオンズは四勝一分けと、一敗もせずに巨人軍を破って、日本一になったのだった。だが、もっと劇的だったのはその翌年、昭和三十三年の日本シリーズだ。

先に三連敗して瀬戸際《せとぎわ》に立たされた西鉄ライオンズが、奇跡の四連勝をして、大逆転で巨人軍を破り、日本一になった。あの昭和三十三年は、坂西自身が最も苦しかった時かもしれない。借金が膨らみ、その借金のやりくりのため、銀行に日参していた。

最初に三連敗した西鉄ライオンズを見て、

(やっぱり田舎チームはだめか。大会社には勝てないのか)

と落胆したのだが、そこから奇跡の四連勝。借金まみれでもなんとかなると、三十代で最も力を与えられた瞬間だった。

ほとんどの試合を、あの頃ようやく始まったテレビ中継で見たのだが、それだけでは我慢ができなくて、三連覇の余韻も醒《さ》めぬ昭和三十四年、福岡へ旅行をしたのである。

あの頃、西鉄のバスは、西鉄ライオンズのマークをつけて走っていた。親会社の西日本鉄道は、西鉄福岡駅が今のような二階建てにはなっていなくて、デパートも改装中だった。しかし、西鉄ライオンズの人気は凄《すさ》まじく、親会社の西日本鉄道も、それを誇りとしていたのだ。

『西鉄ライオンズの歌』というのが流行《はや》っていて、坂西は三人しかいなかった会社の従業員にも、その歌を歌わせていた。サトウハチロー作詞、藤山一郎作曲だった。いまでも最後のフレーズを覚えている。

「ライオンズ　ライオンズ　おお西鉄ライオンズ」

しかし、昭和三十三年の三連覇を頂点に、西鉄ライオンズの野武士的な逞《たくま》しさは次第に衰えていき、とうとう昭和四十七年に、西日本鉄道は球団経営から手を引くことになった。

今、西日本鉄道という会社を調べてみると、業務内容には「鉄道・バス・不動産」などとずらりと並んでいるが、西鉄ライオンズという球団の名前はない。しかし、坂西の思い出の中には、今も昭和三十一年、三十二年、三十三年の西鉄ライオンズが、あの熱気が色濃く残っていた。

仕事の方は、浮き沈みがあって身を削る思いだったが、なぜかそうした苦しい記憶は消えて、三年間の西鉄ライオンズの思い出の方が強く残っているのだ。さまざまなエピソードが西鉄ライオンズにはあって、細かなことまで、はっきりと覚えているのである。

特に昭和三十三年は、驚異の逆転劇を演じた年だが、忘れられない選手が巨人軍に入団してきた。あの長嶋《ながしま》茂雄である。当然、ルーキーの彼も、日本シリーズに出場していた。その長嶋のエピソードを、坂西は覚えている。

日本シリーズで長嶋は、野球の神様、川上哲治《てつはる》に代わって、四番を打っていた。西鉄ライオンズのピッチャーは、鉄腕稲尾。その稲尾が、長嶋との戦いをこう振り返っていた。何を投げても、長嶋には打たれてしまうので、稲尾は悩んでいたというのだ。自分の投げる球種を見切られているのではないか、と。そうでなければ、あれだけ打

たれるはずがない。しかし、悩んだ末、

（長嶋は、こちらの球種を何も読んではいない）

という結論に達したのだ。つまり、長嶋は天才だから何も考えない、考える必要がない、とわかって、稲尾はホッとしたという。悩んでも仕方ないと悟ったからだ。

シリーズが終わった後も、長嶋は西鉄ライオンズとの練習試合で、こんな逸話を残している。

その試合で、長嶋はツーベースヒットを打って二塁に進むと、ショートを守っていた豊田に向かって、

「今夜、中洲《なかす》で飲みたいんですが、どこかいい店を教えてくれませんか？」

と、試合中なのに話しかけてきて、豊田を驚かせたというのだ。ベンチに下がってから豊田は電話をして、中洲の料亭を予約する。次の回に、また長嶋がヒットを打って、セカンドまで進塁してきた。すると長嶋は、

「どうでした？」

と尋ね、

「ちゃんと予約したよ」

と、豊田が答えると、ニッコリしたというのだ。豊田は、このときのことを後に振

り返って、「卑《いや》しくも俺の方が先輩だし、練習試合とはいえ、試合中に店を紹介してくれなどと言うのでびっくりしたが、どうにも憎めない男だ」と笑ったという。

そんな小さなエピソードまで、なぜかはわからないが、坂西は鮮明に覚えている。あれから六十年もたっているのだ。それほど西鉄ライオンズを熱心に追いかけていたということだし、励まされてきたのだろう。

坂西が福岡へ旅行に行った昭和三十四年は、ちょうど西鉄大牟田《おおむた》線に、特急が登場した年だった。

当時の西日本鉄道は、私鉄ではトップを走っていたから、球団も日本一、鉄道も日本一であった。その特急に乗ったことを、坂西は記憶していて、今回の旅行でも、その特急に乗る計画を立てた。

その計画を伝えると、娘の弓子は、

「でも、西鉄ライオンズはとっくに売却されて、今では西武ライオンズになっているじゃない。もう西鉄は関係ないんじゃないの？」

と、いう。西鉄が三連覇し、それに感動した坂西が勇気をもらっていたころ、もちろんまだ弓子は生まれていなかった。だから、共感してくれないのは仕方がないのだが、なんとなく淋《さみ》しい気がする。

「今回はまず西鉄に乗るが、その後は九州新幹線に乗って、鹿児島に行くつもりなんだ」

と、坂西は、いった。

「でも、お父さんは、今まで九州新幹線のことも、鹿児島まで行くという話も、口にしたことはなかったでしょう。これまで鹿児島に行ったことはあるの？」

少し不審そうに、弓子がきいた。確かに、西鉄ライオンズや西日本鉄道の話はよくしているが、今まで、鹿児島の話は、弓子にしたことがない。いや、娘の弓子だけではない。会社の人間にも、一言も喋《しゃべ》ったことはなかった。

今回、初めて鹿児島に行くといっていい。そして正確な訪問地は、まだ弓子には言っていない。

そこは、人生の最後に行こうと思っていた場所だった。

九十一歳になった今、これが最後の旅になるかもしれないと思って、そこに行くことにしたのである。自分の人生の中で、最も楽しくて勇気が湧《わ》いたのは西鉄ライオンズ。その所縁《ゆかり》の場所と、自分の人生の中で、最も悲しみと怒りが強い場所。その二つを、最後に旅してみたいと思っていた。

最終的な目的地については、九州に入ってから、弓子に話すつもりだった。その覚悟が出来ていた。旅行に行く前に、坂西は、新しく遺言状を書いた。そこには、全《すべ》ての財産を、弓子に渡すと書いてある。坂西が八十を超えてからは、会社の経営は、実質的にはほとんど弓子がやってくれている。坂西が既に社長になっていて、坂西は相談役に退いている。しかし、他にも彼女に言い残すべきことがあった。それは鹿児島で話すことになりそうだ。

「今回の旅行は、ゆっくり、贅沢《ぜいたく》にいきたい」

と、坂西は、いった。連休が終わった五月七日に、坂西と弓子は、新幹線「のぞみ」のグリーン車で、博多に向かった。

「西鉄ライオンズのファンだったときに、福岡に行ったのは昭和三十四年でしょう？　新幹線も走ってなかったはずだけど、どうやって行ったの？」

と、弓子がきく。

「夜行列車だよ」

と、坂西は、過去を懐《なつ》かしむようにいった。

「あの頃は、まだ三十代だったから、夜行列車でも平気だったし、一夜かけた旅行としても楽しかった。A寝台なら、今でもなんとかなるかもしれないが、B寝台では多分、体がもたないな」

「それじゃあ、博多まで、お父さん自慢の西鉄ライオンズの話を、ゆっくり聞いてあげる」

弓子が笑顔でいう。坂西は、

「しかし、話は長いぞ。何しろ昭和三十一年から、日本シリーズを三連覇したんだからな」

「日本シリーズって、七試合あるんでしょう？」

「いや、先に四勝した方が勝ちだから、西鉄ライオンズが一番強かった昭和三十二年は、四勝一分で日本一を決めた。五試合しかなかったわけだ。だけど、見ていて楽しかったのは、その翌年の三十三年だね。はらはらしながら、テレビを見ていたからな」

「その頃、うちにテレビがあったの？」

と、弓子が笑いながらきく。

「うちは、そうだね、テレビはなかった。だから、毎日近くの喫茶店に見に行った。今の若い人なら、カフェというのかな。中継の時間になると、店は満員だった。客寄せというより、店主も日本シリーズを見たかったんだと思う。そうでなければ、コーヒー一杯で三時間も粘る客ばかりで売り上げにはならないから、あんな貼り紙はしなかったはずだ」

と、坂西はいった。

たしかに、昭和三十三年の日本シリーズは、大変な試合だった。いきなり三連敗した西鉄ライオンズの選手たちが、これじゃ九州に顔向けできない、とにかく一矢《いっし》報いなければと発憤したという話を、坂西は聞いたことがある。それだけ、九州という土地は、観客が熱狂的なのだろう。坂西も日本シリーズを、西鉄ライオンズのホームである平和台野球場で応援したかった。しかし、当時会社は大変なときだった。何日も会社を空けるわけにはいかなかったから、ほとんどをテレビで観戦した。ただ、最後の第七戦だけは我慢できず、敵地の後楽園球場へ観《み》に行った。

新幹線が走り出してからも、しばらくは西鉄ライオンズの話だった。娘の弓子の方も、西鉄ライオンズの話をしていれば、父がご機嫌なのがわかっている。自分からも、いろいろと西鉄ライオンズについての質問を続けた。

「西鉄ライオンズというと、野武士軍団といわれていたんでしょう。どうしてそう呼ばれていたの？」

「諸説あってね。たとえば、西鉄ライオンズが誕生して間もない頃、黒澤《くろさわ》明監督の名作『七人の侍』が公開されて人気だったんだ。どこか荒々しい選手たちと、映画の七人の侍を重ね合わせて、野武士軍団と呼ぶようになったという説が一つ。もう一つは、九州のファンは熱狂的で、勝てば大喜びをしてくれるが、負ければビール瓶でも何でも、選手に向かって投げるので、選手のほうも自然と荒っぽくなり、他の球団と比べても、野武士然としていたという説。でもね、そんな荒っぽい呼び名でも、私から見ると、選手も監督も、どこかかわいらしく感じたな」

「どんなところが？」

「たとえば、監督の三原脩は『智将《ちしょう》』と呼ばれる頭脳派なんだ。それなのに、人一倍、縁起を担《かつ》ぐ。選手それぞれの運気をみて、起用するかしないかを決めていたと言われている。毎年シーズンが始まる前には、必ず福岡の神社に選手を連れて参拝したし、節分にも参加していたようだね。西鉄ライオンズのキャンプ地は島原だったが、選手も監督も、二月三日の節分祭には、わざわざキャンプ地から福岡に戻って、神社で豆まきをしていたらしい。ただ強いだけじゃなくて、そういうどこか人間らしいところが好きなんだよ」

「お父さんも縁起を担ぐの？　そんな風には見えないんだけど」

「縁起はなるべく担がないようにしている。だが、人間には、どうすることも出来ない運命があると思っている」

　と、坂西は、いった。

　話をしているうちに疲れてきたらしく、坂西は眠ってしまった。彼が目を覚ましたとき、新幹線は広島近くを走っていた。自分をじっと見ている弓子に向かって、

「年だね。つい眠ってしまった」

「お父さんに、どうしても聞きたいことがあるんだけど」

　弓子がいった。

「西鉄ライオンズの話なら、もう充分に話したよ。あとは福岡の市内を一回りすれば、それで終わりだ」

「そうじゃないの。お父さんは戦前の生まれでしょう？」

　と、弓子がきいた。

「昭和三年生まれだ」

「それなら、戦争の時代を、十代で過ごしたんだ。どんな十代だったの？　お父さんは戦争の話をほとんどしないから、どんな青春を戦争中に送ったのか、いつか教えてもらいたかったんだけど」

「そうだな。福岡で西鉄ライオンズの思い出を楽しんでから、その後で、戦争中の話

を聞かせてやろう。あまり楽しい話じゃないが、一度はお前に聞かせてやりたいと思っていたから」

坂西は、しんみりとした口調でいった。弓子の知っている父親は、いつも零細企業の社長として身体を張っていた。常に走り回っていて、ようやく落ち着いてきたのは、八十代になってからのような気がする。そこまできて、やっと会社を自分に任せてくれた。そういう父の姿しか見ていなかった。だから今回の旅行中に、十代の父を巻き込んだ戦争の話を聞きたいと思ったのである。

博多に着くと、坂西父娘《おやこ》はタクシーをチャーターして、西鉄ライオンズに関係する場所を走るように頼んだ。

まず、西鉄ライオンズが必勝祈願をしたという筥崎宮《はこざきぐう》と櫛田《くしだ》神社に参拝する。それから、西鉄ライオンズの本拠地だった平和台球場の跡地を訪れた。今は公園になっていて、記念碑が建てられていた。

最後に二人は、西鉄天神大牟田線の始発駅「西鉄福岡（天神）」に向かった。

「いまでこそ、こんなに立派な駅になっているけど、私が旅行で来た当時は、まだ改修前で、一階建てのホームだった。今とは大違いさ」

坂西は、タクシーの運転手がくれた観光案内を見ながら、弓子に説明した。その後、天神界隈《かいわい》で夕食を摂《と》ることにした。最近では、炊《た》き餃子《ギョウザ》というのが流行っているらしく、そのうちの一軒にはいってみた。スープで煮込まれた餃子は、水餃子とも違って、おいしかった。

一日中動き回って疲れたので、予約してあるホテルへとチェックインし、休息することにした。

翌朝、ホテルで朝食を済ませて、昨日の西鉄福岡（天神）駅に戻り、特急「大牟田行」に乗った。西鉄自慢の９０００系の車両である。

坂西は、乗り込む前に、しばらくその車両を眺めていた。

「すごいね。新型だ」

と、坂西がいう。弓子は笑って、

「私鉄でも、新型車両をもっているのね」

「以前私が乗った時は、古めかしい車両でね。少し前まで、特急は走っていなかったんだ。色は黄色と赤茶のツートンで、四両編成だったかな」

「早く乗らないと、邪魔になるわよ」

弓子は、父親の背中を押すようにして、六両編成の特急「大牟田行」に乗り込んだ。全席観光列車によくあるボックスシートではなく、モダンなロングシートである。

自由席で、特急料金も不要だから、通勤や通学に使う乗客も多いのだろう。

「車両も広々としているし、窓もワイドになっている」

と、坂西は、車両を見廻して感心している。

ただ感心しているのではなくて、六十年も前の昭和三十四年を思い出しているのだ。

そのあと、急に現実に戻った表情で、

「この特急で終点の大牟田まで行き、新大牟田で新幹線に乗り換えて、鹿児島中央へ行く。南九州の海が見えるよ」

と、いった。列車が、ゆっくりと走り出した。すぐ次の薬院に停まるが、そこからは、しばらく停まらない。

「前に来た時も、この西鉄に乗ったの？」

と、弓子がきいた。

「当時は、西鉄ライオンズの親会社だったからね。あの時は、途中の太宰府《だざいふ》まで行き、太宰府天満宮で参拝して東京に帰った」

と、坂西が答える。

「今日は太宰府には行かないの？」

「他に行くところがあるからね」

「それが鹿児島なのね」

「そうだ」

「私は、鹿児島に行ったことがないわ」

「ああ、私も行ったことがない。そういうことになっているんだ」

と、坂西がいった。その言い方に、弓子はちょっと戸惑った表情で、

「お父さんが今までに行っていない場所に、今日は行くのね？」

「そうだよ。初めて行くんだ。そしてたぶん、この旅行が最後になると思う。死ぬ前に一度だけ行ってみたい。いや、行かなくてはならない場所なんだ」

坂西は娘に向かって、謎《なぞ》めいた言い方をした。

「それは戦争と何か関係があるの？　お父さんの十代のときと……」

「鹿児島に着いたら、詳しく話すよ」

と、坂西はいった。

その後しばらく、坂西は黙って、窓の外の風景を眺めていた。

坂西の背広のポケットで、携帯が鳴った。旅行先でも、坂西は背広を着て、ネクタイを締めている。昨日はネクタイはしていなかったと、弓子は考えた。

「ちょっと失礼するよ」

2

弓子にいって、坂西は席を立った。弓子は、ぼんやりと窓の外を見ていたが、宮《みや》の陣《じん》駅を通過しても、父は戻ってこない。気になって席を立つと、車両の連結部まで歩いて行った。しかし、そこにも父の姿はなかった。

一旦《いったん》、席に戻ってみたが、相変わらず父は戻っていない。弓子は車掌室へ行って、父が席を立ったまま、戻ってこないことを告げた。車掌は、あまり心配していない顔で、

「どこまで行かれるんですか？」

「終点の大牟田まで行きます」

と、弓子がいった。

「とにかく、探してみましょう」

車掌がいってくれた。六両編成の列車である。弓子は最後尾の車両から順々に探し、車掌も同行してくれた。しかし、父は見つからない。

「宮の陣の手前で、電話が掛かってきたんですね？」

車掌も、少しばかり緊張し始めている。

列車が西鉄久留米《くるめ》駅に近付き、車掌は車掌室に戻った。

駅ビルもある大きな駅である。弓子は、車両の窓越しにホームを見つめた。列車が発車すると、しばらく高架が続く。

「今の西鉄久留米駅で降りたということはありませんか？」

と、戻ってきた車掌がきく。

「それはないと思います。父らしい姿は見えなかったし、終点の大牟田まで切符を買っていますから」

「お父さんは九十一歳だといいましたね？」

「ええ」

と、弓子が肯く。

「それなら、急に気分が悪くなって倒れていることも考えられます。あるいは、トイレを探しているうちに、いつのまにか先頭車両まで来てしまったのかもしれません。

この列車には、トイレはないんですが」

そういって、先頭車両のドアを開けたとき、

「あっ」

と、車掌が声をあげた。シートの端にもたれかかるようにして、坂西が半ば横倒しになっているのが見えた。明らかに意識を失っている。近くに、ほかの乗客の姿はなかった。

車掌は慌《あわ》てて、車掌室に戻り、次の花畑《はなばたけ》駅に電話をし、救急車の手配を要請した。弓子は、あまりの衝撃に、なにもできなかった。

高架が続き、次の花畑駅に着いた。先ほどの西鉄久留米と花畑駅は隣駅だが、どちらも特急の停まる大きな駅である。

車内で急病人が出たというアナウンスが流れ、特急はホームに停止したまま、救急隊員の到着を待った。弓子にはずいぶん長く感じられたが、実際には数分だったかもしれない。折りたたみ担架を手にした二人の救急隊員が現れると、すぐに車両に乗り込み、

「とにかく病院へ運びましょう」

と、担架を広げて、坂西を乗せた。

坂西は、ぐったりしている。弓子は何度も声をかけるのだが、父から反応はなかった。

駅前に待機していた救急車に担架を収めると、弓子も同乗を求められた。救急車は、けたたましいサイレンを響かせながら、通りを進んでいく。弓子は祈ることしか出来なかった。

救急車は、すぐに久留米市内の救急病院へ滑り込んだ。日直の内科医が、すぐに応急処置を始めるが、父の意識は一向に戻らない。電気ショックと心臓マッサージを繰り返すのだが、事態が好転することはなかった。ついに医師は、弓子に向かって小さく首を横に振り、手を止めた。もはや蘇生《そせい》の可能性はない、と告げた。

弓子は悲しいというよりも、呆然《ぼうぜん》としてしまった。一体、何が起きたというのだろうか。放心する弓子を前に、医師は一一〇番をして警察を呼んだ。弓子が動揺していることなどおかまいなしに、事態は淡々と進んでいく。

パトカーで駆けつけた警官は、まず弓子に事情を聞いた。弓子は医師に話した説明を繰り返した。特急列車に乗り、宮の陣駅を通過する手前あたりで、父の携帯が鳴り、電話してくるといって、席を立ったこと。そのままなかなか帰ってこないので心配になり、車掌に相談して、列車を探し回ったこと。先頭車両で、意識を失っている父を発見したこと――。

そして、車掌がすぐに救急車を手配し、手当てをしてもらったが、父の心臓が再び鼓動を打つことはなかったと告げた。弓子の説明に、救急医が付け加えた。

「後頭部に、強い力で殴られた形跡がありますね。出血していました」

パトカーでやって来た警官二人は、久留米署に報告の電話をしている。

「事件の可能性が高いですね」

と、警官の一人がいっているのを、弓子は耳にした。

父の遺体は、久留米署に運ばれ、弓子も同行を求められた。しばらく待たされてから、福岡県警捜査一課の藤田《ふじた》という警部に、特急車内の出来事について話すことになった。同じ話の繰り返しではあるが、今度の相手は捜査一課の警部である。殺人の可能性があると判断しているのだろう。先ほどの警官からされた質問よりも、詳細になっていった。

「列車が宮の陣を通過する直前、亡くなった坂西勝利さんの携帯に、電話が掛かってきたのですね？」

「そうです」

「それで、坂西さんは通話のために、席を立った」

「はい」

「車掌に相談し、車内を探してもらったものの、西鉄久留米を出発しても見つからなかった。ここまでよろしいですね？」

「はい」

「再び探し始めて、先頭車両で、倒れているお父さんを発見されたのですね。車掌さんが次の停車駅の花畑駅に救急車を呼び、病院へ搬送したけれど、亡くなってしまった、と」

藤田は、くどくどと繰り返す。

「ええ、その通りですけど」

「それから医師は、坂西さんの後頭部に裂傷があり、血が吹き出してこびりついているのを見つけ、そこから殺人だと判断した。これも間違いありませんね？」

「多分そうでしょうけれど、殺人と判断したのかどうかは、私にはわかりません」

「東京から九州に来られた目的は何ですか？」

「父は猛烈な西鉄ファンなんです。というのも、若い頃に、西鉄ライオンズが日本シリーズで巨人を破って三連覇したことに、すごく感動したらしくって。最近、足を悪くしていましたので、これが最後の旅行と考えて、福岡へ行き、西鉄ライオンズゆかりの地を巡り、そして西鉄の列車に乗る計画だったんです。それで、昨日、新幹線で博多に到着し、平和台球場跡などをみて、ホテルで一泊しました。今朝から今度は西鉄大牟田線に乗車して、大牟田を目指しているところでした。楽しい旅になるはずでしたのに、こんなことになってしまって、何がなにやらわからずに困っています」

弓子は、胸の内を正直にいった。

「大牟田には、何の用で向かわれたんですか？　三池炭鉱の観光かなにかで？」

「いえ、大牟田で下車して、新大牟田駅で新幹線に乗り換え、終点の鹿児島中央まで行くことになっていました」

「そのルートなら、博多から新幹線に乗った方が早かったのでは？」

「父の希望で、大牟田までは西鉄に乗ることにしたんです」

「なるほど。鹿児島では、どこかに行くご予定があったんですか？」

「わかりません」

「わからない？」

藤田警部は眉《まゆ》をひそめて、

「ご自分たちの旅行でしょう？　わからないというのは、どういうことです？」

「父は、鹿児島中央駅に着いてから、旅の目的を伝えると言っていました。先ほど申しあげたように、父は足を悪くしていて補助が必要ですから、私が今回の旅に同行することになりました。だから、何の用で鹿児島に行くかは、父以外は知らないんです。私、嘘《うそ》はついていません」

と、弓子は、いった。藤田は、なお納得がいかないという態度のまま、次の質問をした。

「お父さんの名刺では、東京の江戸川区にある坂西機械の相談役となっていますが、どういう会社ですか？」

「小さな町工場です。いろいろなベアリングを作っています。父は戦後、町工場で働いていて、二十九歳で独立し、この会社を作りました。零細企業ですけど、父が創業して、六十年も続いている会社です」

「社員は何人ですか」

「今は五人です。その人数には、私も含まれます。父は現役を退いていますので、私が社長を務めています」

「亡くなった坂西勝利さんの所持品を、一緒に確認していただけますか？　もしも失《な》くなっている物があったら教えて下さい」

藤田警部が、机の上に、見慣れた父の所持品を並べていく。弓子は、これが本当に

起きていることなのか、いまだ信じられずにいた。机に並んだのは、

杖

名刺入れ（坂西の名刺五十枚）

革製の財布（現金百万円）

キーホルダー（五つの鍵《かぎ》）

太い国産の万年筆

心臓病の薬

西鉄大牟田行きの切符

「父の携帯がなくなっています。ガラ携です」

弓子が携帯の電話番号を教えると、藤田は、すぐ自分の携帯で、その番号へ電話した。

応答はない。留守番電話にも切り替わらなかった。

「充電が切れているのか、誰かが電源を切ってしまったのか……」

と、藤田は言ってから、

「今回の旅行は、何日間の予定だったんですか？」

「父は、一週間の予定といっていました」

「財布には百万円も入っていましたが、一週間の旅行にしては多すぎませんか？　クレジットカードもあるでしょうし、あなたも当然、旅費をおもちなのでしょう？」

「私も百万円です。東京からここまでの旅費は、私が全て支払っています」

「お二人で、二百万円ですか」

「そうです」

「それを決めたのは、あなたですか？　坂西勝利さんですか？」

「今回は父が決めました。最後の旅行になるかもしれないから、ゆっくり贅沢な旅にしたいと。きれいさっぱり現金で払うつもりだったようです」

「そういった話は、いつもお父さんからされるのですか？」

「いいえ。いつもは私に任せきりなので、少し変な気はしていました」

「最近、会社かお父さんに、何か問題は起きていませんか？」

と、藤田がきいた。

「今申し上げたように、小さな町工場ですけれども、ここ数年は黒字経営で、何も問題はありません。父個人については、私には全てはわかりませんけれど、もう九十一歳で、今まで事件を起こしたこともありませんし、人から恨まれるようなこともないと思います」

「しかし、お父さんは、西鉄の特急車内で何者かに襲われた可能性が高いんです。犯人は車内から電話を掛けて、お父さんを呼び出し、殴り殺したのだと考えられます。何か思い当たることはありませんか？」

と、藤田が重ねてきいた。

「工場も順調でしたし、父も恨みを買うような人ではありません。本当に何も心当たりがないんです」

「こうなると、坂西さんが何のために、鹿児島へ行こうとされていたかが知りたいですね。お父さんからは、本当に何も聞いていないんですか？　鹿児島という地名と結びついていなくても、何か、こういうことがしたいとか」

「本当に何も聞いていないんです。新幹線の中でも、西鉄ライオンズの黄金期の話ばかりで……」

弓子がいった。

「以前、鹿児島に行かれたことはありますか？」

「私はありません。父が言ったことを信じるなら、父も、今回が初めての鹿児島行きだったようです。新幹線の車内で、そういっていました」

「何か、お父さんが言ったことを信じられない理由でもあるんですか？」

「そうではありませんが、ちょっと変なことをいっていたんです。鹿児島には行ったことがない、そういうことになっているんだ、と」

「そういうことになっている……。どういう意味でしょうか」

藤田は首をひねったが、弓子も答えは持ち合わせなかった。やむなく藤田が質問を続けた。

「お父さんは九十一歳でしたね？」

「はい」

「不思議な話ですね。新婚旅行とか、思い出の場所にもう一度行きたいというのなら、私にもわかります。それが九十一年間、一度も足を運んだことのない鹿児島へ行こうとされていた。娘のあなたも一度も行ったことがない場所に、何のためにお父さんは行こうとしていたのでしょうか？」

「わかりません」

「身内の方は、あなただけですか？」

「はい。私だけです」

「失礼ですが、おいくつですか？」

「四十五歳ですけど」

「それなのに、お子さんもおられない……。あ、これは失礼。適切な質問ではありませんでした」

「構いません。一度結婚しましたが、三年で別れましたから」

と、弓子はいった。

「お父さんは、お一人ですか？」

「母は十年ほど前に、ガンを患《わずら》って亡くなりました」

「坂西さんは杖をついておられたようですね。他に体で悪いところはなかったんですか？」

「何度か入院したことはありますけど、今のところは右足が悪いだけで、それ以外は悪いところはありませんでした。念のため、以前患っていた心臓病の薬だけは持ち歩いていましたが、使ったことは、ここ数年ないと思います。でも……」

「でも？　何か思い出しましたか？」

「これが最後の旅行になるだろう、と何度も言っていました。ですから、何かを覚悟していたのかもしれません。右足が良くなる可能性はほとんどない、と医師からも言われていましたし」

「鹿児島に、どんな用でいく予定だったのかさえわかれば、捜査のしようもあるんですが。鹿児島で滞在するホテルは決めてあったんですか？」

「それもわかりません。福岡のホテルは、父に言われて私が予約を取りましたけど、鹿児島の方は、何も指示がありませんでした。父が自分で予約をしたのか、向こうに着いてから決めるつもりだったのか、私はきいていませんでした」

「東京の会社には、あなた以外に四人の従業員がいるんでしたね？」

「ええ、そうです」

「一番古くからいる従業員の名前を教えて下さい。一応きいてみましょう。ひょっとすると、坂西さんが鹿児島へ行こうとした理由を、ご存じかも知れませんから」

と、藤田警部がいった。

「三浦《みうら》という従業員が、一番在籍期間が長く、六十二歳のはずです」

「ちょっと失礼」

と、藤田は席を立つと、坂西機械に電話をかけ、三浦という従業員を呼び出した。

「おたくの会社の社長さんは、坂西勝利さんですね？」

「坂西勝利は前の社長です。今の社長は坂西弓子です」

と、三浦がいう。

「こちらは福岡県警ですが、西日本鉄道の車内で、坂西勝利さんが殺害されました。それできたいんですが、坂西さん親子が何のために鹿児島に行くことになっていたのか、三浦さんはご存じありませんか？」

「殺された？　まさか、何か事件に巻き込まれたんですか？」

「どうもそのようです。坂西さんは鹿児島に向かっていたんですが、なにかご存じないですか？」

「そういうことは、私よりも弓子さんのほうが詳しいですよ。弓子さんは、そこにいないんですか？」

「こちらにいらっしゃいます。ところが、弓子さんも、坂西さんがなぜ鹿児島に行こうとしたか、ご存じないんですよ。他の従業員の方で心当たりがないか、きいていただけませんか？」

と、藤田がいうと、保留音がしばらく流れてから、また三浦の声が聞こえた。

「他の連中にもきいたんですが、一週間の予定で旅行に出たことは知っていますが、行き先が鹿児島ということも知らなかったと言っていますよ。私もそうです。一週間、二人とも会社を空けるけど、仕事の方を頼む、と言われていただけですから」

三浦がいった。藤田は、お礼を言って電話を切り、弓子の元へ戻った。

「従業員の皆さんも、鹿児島へ行く理由は知らないといっていました」

「そうでしょうね。私にも言わなかった父が、従業員に話すはずがありません」

「ところで、今日はどうなさいますか？　こちらにお泊まりなら、市内のホテルを紹介しますが」

藤田がいった。

「父の遺体をすぐにでも東京に連れて帰りたいと思っています」

「鹿児島には向かわないのですか？」

「父が何の用で鹿児島に行こうとしたのかわかりませんし、私は鹿児島に用があるわけではありません。従業員に対しても説明が必要ですから、東京へ帰ります」

と、弓子はいった。藤田は少しためらってから、

「申し訳ありませんが、殺人事件の疑いが濃厚なので、坂西さんのご遺体は司法解剖ののち、お返しすることになります。数日かかるかもしれません」

と、いった。

それを聞いた弓子は、少し休ませてほしいといって、久留米市内のホテルに向かった。

藤田警部は、東京の警視庁へ電話をかけた。捜査協力の要請である。

「被害者の名前は坂西勝利、九十一歳。江戸川区内に住所があり、『坂西機械』という工場を経営しています。西鉄ライオンズのファンで、福岡観光のあと、西鉄大牟田線の車内で殺されました。鹿児島へ行く途中だったようですが、鹿児島で何をするつもりだったのか、本人が死んでしまってわかりません。そこで捜査依頼をしたいのです」

3

警視庁捜査一課では、福岡県警の捜査依頼を受けて、刑事二人を、坂西勝利の周辺と、坂西機械の捜査にあてることにした。

捜査にあたるのは、亀井《かめい》刑事と、日下《くさか》刑事の二人だった。直ちに江戸川区内にある坂西機械の工場へ向かい、亡くなった坂西勝利について、捜査を始めることにした。

「どうも妙な話ですね」

捜査車両の中で、若い日下がいった。

「どこが妙な話なんだ？」

「だって、そうでしょう。一週間の予定で旅行に出かけたのに、何のための旅行かわからないというのは、おかしいじゃありませんか」

「いや、殺された九十一歳のじいさんには、明確な目的があったはずだ。現地に着いたら目的を話すと、娘さんに伝えていたんだから」

「それにしても、親子なんだから、最初から話しておけばいいじゃないですか。娘の方も、目的もわからずついていくなんて、聞いたことがありませんよ」

「殺された被害者は九十一歳だ。娘にも言えない秘密が、いろいろあるのかもしれないじゃないか。何か事情があるとしたら、別におかしくもないだろう」

と、亀井がいった。

「そうなると、ちょっと深刻な問題があったのかもしれませんね」

若い日下がいう。

「どんな問題だ？」

「たとえば、奥さんの他に女がいて、その人か、もしかしたら子供が、鹿児島にいるんじゃないですかね。自分の死期を悟って、このまま死んだら相続問題が起きるかもしれないと心配になった。それで、その愛人か子供を、娘さんに紹介しようとしていたんじゃありませんか？　だから、今まで話せなかった。いよいよとなって、ともかく鹿児島に娘を連れて行くことにしたんじゃないですかね」

と、日下がいった。

「なかなか、若いわりに考えてるな」

亀井がいった。

「被害者は長生きしていますからね。今、亀井さんだって、言ったじゃないですか。それだけ生きれば、いろいろと事情があるんです。それが娘に言えないことだとすれば、他に子供がいるとか、愛人がいるとかしか考えられませんよ」

「確かに、そんな問題もあるかもしれないが、そうなると娘さんが可哀想《かわいそう》だな」

亀井が呟《つぶや》いた。

坂西機械に着くと、まず従業員全員と会った。事件のことは既に知っていたから、亀井としては、話が早くて助かった。

一番年長の三浦という男に、坂西親子の住む家へ案内してもらう。工場から徒歩五分ほどのところにある、二階建ての家だった。

久留米にいる弓子からは、既に許可を得ていたので、三浦に立ち会ってもらって、二人の刑事は、家の中を調べることにした。親子で鹿児島に行った目的がわかるかもしれない、と思ったからである。

坂西機械の事務所にあったスペアキーを使って、三浦が玄関のドアを開けた。最近リフォームしたと思われる家だった。全体に年数は経《た》っているが、キッチンや風呂場《ふろば》など、水回りが新しくなっている。

リビングにパソコンがあったので、電源を入れた。ロックはかかっていない。弓子が主に使っているのだろう。弓子と坂西が写っている旅行の写真もでてきた。数年前のゴールデンウィークには、二人でタイ旅行もしたらしい。北海道の写真もあった。

「不思議だな」

亀井が呟いた。

「親子でタイにも行っているし、北海道旅行もしている。それはいいが、なぜ最後になるかもしれない旅行先に、鹿児島を選んだのだろう？　二人とも一回も行ったことがないとはいっても、何か理由があったはずじゃないか」

「やっぱり不義の子とか、愛人ですよ」

と、若い日下が楽しそうにいう。

「鹿児島観光が目的ではなかったんですよ、向こうに着いてから話そうとしたということは、よっぽど大事なんでしょうね」

「そうなると、旅行の目的と殺人の関係は？」

「それも決まっていますね。財産問題です。この家や、あの工場を見る限り、経営状態は悪くないと思います。いくら身体が丈夫でも、九十一歳になって先が短いと考えるのは、不思議でも何でもない。そうなると心配なのは、遺産相続でしょう。このまま死ねば、ひとり娘に全財産が行くことになるけれど、他に子供がいて認知されていれば、その子にも財産が分与されますからね。そんな問題があるので、娘さんを鹿児島に連れていって、愛人か他の子供に会わせることにしたんじゃないかと思いますね。自分が死んだ後のことを考えて、きちんとしておこうとしたんですよ」

と、日下は推理を進めた。

釈然としないまま、亀井は捜索を続けた。小さな金庫が目に入ったが、さすがに金庫を無断で開けるわけにはいかない。そこで、三浦に取引銀行を教えてもらった。この近くのM銀行がメインバンクだという。二人の刑事は、営業時間内に着けるように、捜索を中断してM銀行の支店に向かった。

4

支店長に面会を求め、警察手帳をみせてから、坂西勝利と坂西機械について、取引があることを確認した。支店長は、会社とも、坂西勝利個人とも、取引があると認めた。

「その金額を教えて下さい」

と、亀井がいった。坂西勝利が九州で殺害されたことを告げると、支店長は驚きの表情を浮かべ、すんなりと教えてくれた。

M銀行と坂西機械とは、四十数年来の取引があるという。記録を見る限り、最初の頃は経営に苦労したようだが、近年は安定して黒字経営だった。会社のメインバンクとして、M銀行からの借り入れも残ってはいるが、坂西勝利個人には、億単位の預金がある。

「今でもつい社長と呼んでしまいますが、坂西相談役は、その預金を少しずつ、弓子さんの名義に移していましたね。それから、あの家も、登記上は弓子さんの名義です。やはり、九十歳を過ぎて、将来のことをいろいろと考えられて、財産を娘さんに渡そうとしていたんじゃありませんかね」

と、支店長はいった。

「今回、親子で九州へ旅行に行かれていましたが、それはご存じでしたか？」

と、亀井がきいた。

「旅行にでることは、きいていましたよ。急に二百万円、預金を下ろされましたから。何に使われるのか、一応きいたんです。最近は警察からも、そうするように指導されていますから。一週間の旅行にでると、おっしゃっていましたね。今度の旅行は、きれいさっぱり現金旅行だと、そんなことも。ただ、行き先は、初めてききました」

と、支店長はいった。

「坂西さん個人も会社も、経済的な問題はなさそうですね」

「お付き合いを始めた頃は、返済や手形のご苦労もあったようですが、今では順風満帆の経営ですからね。町工場で、これだけの優良企業は、いまどき珍しいと思います」

「他行からの借り入れはないのでしょうか？」

「当行がメインバンクですから、他行とお付き合いをされるときは、お話しがあるでしょう。そんな話は聞いていませんし、そんな借り入れの必要もないんじゃないですかね」

支店長は、我がことのように胸を張った。

M銀行を辞した二人は、坂西家に戻り、室内の捜索を再開した。

「立派な仏壇がありますね」

と、日下がいった。

「あれだけの預金があるんだから、仏壇くらい、立派でもおかしくないだろ」

亀井が答え、仏壇に近づいた。そこには、十年前に病死したという坂西の妻の写真があった。亀井が不思議に感じたのは、その写真の奥に、もう一枚、まるで隠すように収められた、少し古びた写真があることだった。

十代の男の子の写真である。

それをみて、日下がいった。

「ほら、これが証拠ですよ。やっぱり家族問題だったんです。この男の子は、坂西さんの隠し子で間違いないですよ」

「それは違うな」

と、亀井がいった。

「どうしてですか？」

「この男の子は、おそらく十七、八歳くらいだろう。彼が着ている作業服は、戦時中のものだ。つまり、太平洋戦争のときに撮られた写真だよ。この子が生きているとしたら、坂西さんと同じ九十代だろうな」

「戦争中の写真ですか」

「多分、学徒動員かなにかで、軍需工場で働いていたんだろう。その時の写真に違いない」

「学徒動員って、工場で働くものだったんですか？」

「私も、戦争中のことは、あまりよく知らない。しかし、昭和十九年から二十年、戦局が悪化すると、全国の中学校が授業を止《や》めて、生徒は割り当てられた軍需工場で働いていたというからね。それなら、作業服姿でもおかしくはない」

「そうなると、ここに映っているのが坂西勝利さんでしょうか？」

「そうは思えないな。年齢は一致するが、顔が違う。別人の写真だと思う」

亀井は、写真を取り出すと、裏返しにして、じっと見つめた。

「ヤスダタロウ十七歳」

声を出して読んだ。インクも薄くなっていたが、辛うじて判読できた。漢字で「安田太郎十七才」と書かれている。

「坂西勝利の旧友ですかね」

「旧友だとしても、なぜこんな写真を仏壇にいれておいたんだろうか。それも、亡くなった奥さんの写真で隠すようにして」

「娘の弓子さんにきけば、何かわかるかしれませんね」

日下がいうと、亀井が首を横に振った。

「普通に考えれば、誰にも見せたくなかったのではないだろうか」

「娘さんにもですか？」

「そうだよ。この写真が隠されていたことと、娘の弓子さんにも鹿児島行きの目的を隠していたこと。この二つの隠し事は、関係があるように思えてならないんだ」

「そうすると？」

「坂西勝利が鹿児島に行こうとした目的は、この安田太郎という名前の青年と、関係があるのかもしれない。だから、この写真の青年が誰なのか、それさえわかれば、坂西勝利が西鉄車内で殺害された理由がわかるような気がする」

と、亀井がいった。

第二章　十七歳の青春

1

亀井と日下の二人は、安田太郎の写真を、警視庁に持ち帰った。

「被害者の自宅を調べたところ、仏壇の中に、その写真がありました。違和感があったのは、亡《な》くなった妻の写真の奥に、まるで隠すように入っていたことです」

亀井が説明するのを聞きながら、十津川《とつがわ》は写真を見つめていたが、

「それにしても、古い写真だね。モノクロだし、陽焼けしたのか、茶色に変色してい

る」

「そうです。かなり古い写真です」

「前に見たことがあるような気がするんだが……」

と、十津川が、じっと写真を凝視する。

「警部は、この安田太郎という人物を、ご存じなんですか？」

「いや、違うんだ。この服装の方だよ。どこかで見た服と帽子だ」

と、十津川はいった。

そのまま、しばし考え込んでいたが、

「何かの写真集だった。そうだ。戦争中の人々の生活を撮った写真集だと思う」

「わかりました。図書館に行って、戦争中の国民生活を撮った写真集を借りて来ます」

亀井は、すぐ日下を連れて、最寄りの図書館に行き、大判の写真集を三冊借りて戻ってきた。

太平洋戦争は、総力戦の末、本土決戦が叫ばれていた。生活が即戦争だったから、当然、軍人の写真も入っている。

十津川は、その写真の中から、

「この服に似ているね」

と、一枚の写真を選んで見せた。

敗戦間近、昭和二十年初頭の写真である。

間もなく羽ばたく陸軍少年飛行兵たち

空を睨《にら》んで米機に見参！

そんなタイトルが付けられた写真では、十七、八歳の少年三人が、肩を組んで拳《こぶし》を振り上げていた。

写真には、小さなキャプションがついている。

「陸軍少年飛行兵第五期たち」と書かれていた。

「手掛かりが見つかったよ。亀さん、行くぞ」

十津川が亀井と一緒に向かったのは、防衛省防衛研究所・戦史研究センター史料閲覧室だった。そこの室長に、例の十七歳の少年の写真を見せて、

「この少年の素性がわかりますか？」

と、十津川がきいた。相手はあっさりと、

「陸軍少年飛行兵の服を着ていますね」

と答えた。

「予科練みたいなものですか？」

亀井がきく。

「予科練は海軍ですが、こちらは陸軍少年飛行兵の所属でしょうね。安田太郎十七歳と書いてあるから、調べれば、この少年飛行兵が、どこの部隊にいたか、わかると思います。少しお待ち下さい」

と、室長がいった。

しばらくすると、室長は、大きな封筒を持って戻って来た。その中から、一枚の写真を取り出した。

「こちらは、安田太郎という十七歳の少年飛行兵と同じ人物です。昭和二十年六月二十五日、第八三振武《しんぶ》隊の一員として、陸軍の戦闘機『隼《はやぶさ》三型』に二百五十キロの爆弾を積んで、沖縄の米軍に特攻しています。他の十六人と出撃し、沖縄周辺の海域で戦死。よって陸軍伍長《ごちょう》から、曹長に昇進しています」

と、室長は教えてくれた。「この隊のものではありませんが」といいながら、出撃の様子を撮った写真も見せてくれた。

離陸していく特攻機の姿を見送る、将校の姿が写っている。白い手袋をはめた手を振っている。

「この飛行場は、どこの何という飛行場ですか？」

亀井がきくと、

「鹿児島にあった知覧《ちらん》基地です。そこに行けば、この安田太郎の遺書も飾られているようです」

室長が探し出してくれた大きな写真の横に、細かい文字が書かれている。二人の刑事は、その文字を目で追った。

「一九四五年（昭和二〇年）六月二五日。一式戦闘機隼にて知覧より出撃。沖縄周辺にて戦死。陸軍少年飛行兵第一五期十七歳。東京都出身。一式戦闘機隼三型機の右主翼に二〇〇リットルの増槽と左主翼に二五〇キロの爆弾を積んで六月二五日午後四時五〇分出撃」

と、そこには書かれていた。

西鉄大牟田線の中で殺された坂西勝利は、この写真の十七歳の特攻兵と同じ年齢である。二人が友達だったとすれば、坂西も戦争末期、昭和二十年には、陸軍少年飛行兵だったのだろうか。

十津川はこうした事実をすぐ、福岡県警本部の藤田警部に知らせることにした。

2

十津川からの連絡を受けると、藤田は坂西弓子が泊っているホテルに向かった。東京で得られた手掛かりを、弓子にぶつけてみるためである。

「坂西さんが行こうとしていたのは、陸軍の特攻基地があった知覧ではないでしょうか。鹿児島中央駅からも行けますから」

藤田は、東京からインターネットで送られて来た安田太郎の写真を、弓子に見せた。

「この写真を、坂西さんは大事にしていたようですが、ご存じありませんか？」

「私は見たことがないと思います。どこにしまわれていたのでしょうか」

「あなたのお母さんの写真に隠れるように、仏壇の奥に収められていたようです。この少年は、昭和二十年六月二十五日に知覧基地から特攻出撃し、沖縄周辺で戦死した陸軍少年飛行兵です。安田太郎、十七歳。昭和二十年で十七歳ですから、坂西さんと同年代じゃないかと思いますね。弓子さんは、坂西勝利さんから、知覧とか、安田太郎とかいった名前を聞いたことはありませんか？」

「残念ですが、ありません。父は、戦争中のことは、何一つ話そうとしませんでしたから」

「そうなると、知覧に行ってみるしか、なさそうですね。知覧には、特攻平和会館という施設があります。そこに行けば、何かわかるかもしれません」

「私もご一緒させてください。亡くなった父のことを、少しでも知りたいんです」

弓子がいうと、藤田は苦笑いをした。

「いくら被害者の娘さんといっても、刑事と事件の関係者が同行するわけにはいきません。ただ、私は明日、なるべく早い時間に着くように、特攻平和会館へ行きます。向こうで偶然、お会いすることはあるかもしれませんね」

翌日、藤田警部は、九州新幹線で鹿児島中央駅まで行き、そこからバスで知覧へ向かった。鹿児島中央駅から知覧特攻平和会館には、一時間に一本ほどバスが出ていた。今も知覧特攻平和会館や、飛行場跡を訪れる観光客が多いという。弓子も同じバスに乗っていたので、藤田の言葉通り、二人で知覧特攻平和会館に向かうことになった。

知覧特攻平和会館には、特攻に使われたという一式戦闘機「隼」が修復されて展示されていた。その他、特攻で死んだ特攻隊員の遺影や遺書、遺品などが並んでいる。

それを丹念に見ていくと「第八三振武隊　安田太郎」の写真もあった。説明に、こうある。

「一九四五年（昭和二〇年）六月二五日　午後四時五〇分知覧基地から沖縄米軍に向かって出撃　隊長齋藤少尉《しょうい》以下一七機で出撃　沖縄周辺で戦死　陸軍少年飛行兵第一五期　十七歳東京都出身」

安田太郎の遺書もあった。十七歳の遺書である。背伸びした文面が綴《つづ》られていた。

父上様　母上様

御元気で御過ごしのことと存じます、戦局益々《ますます》苛《か》烈《れつ》を極め、愈々《いよいよ》私の戦ふ時期が参りました、大楠公《だいなんこう》精神を発揮し、見事敵艦に体当たりして参ります

皇国の為《ため》、身を捨て、よつて戦局を有利に導く事、これに勝る幸せはございません

今日まで御育て下さりました御恩に対し、恩返し出来ないのは誠に残念でございますが、その代り私は皇国の為に一命を投じる覚悟ですので、お許し下さい

父上様、母上様、健康に注意して長生きなされますやう御祈り申し上げます、妹にも宜《よろ》しくお伝え下さい

太郎

藤田と弓子は、ひょっとすると坂西勝利の写真や名前がどこかにあるのではないかと考えて、平和会館の中を探し回った。しかし、隅々まで探したが、結局見つからなかった。

「見つからないのも当然かもしれません。安田太郎は、昭和二十年六月二十五日に特攻に出て、戦死しています。坂西勝利さんの方は、九十一歳になるまで、坂西機械の相談役として元気に生きていたんだから、平和会館に、彼の写真があるはずがないんです」

と、藤田がいうと、弓子は、

「それでも、二人の間には何らかの関係があったはずですよね。父が拝んでいた仏壇の中に、安田さんの写真があったのですから」

と、いった。

館内を歩きまわった二人は、平和会館のロビーに置かれた椅子《いす》に腰を下ろした。

藤田警部も弓子も、少し喉《のど》が渇いていた。坂西勝利の名前を見落としてはいけないと、緊張の連続だったからである。

「亡くなった坂西さんは、陸軍の特攻の話や知覧の話は、しなかったんですか？」

と、藤田がきいた。

「私が覚えている限り、特攻や知覧の話は聞いたことがありません」

「どう考えても、お父さんは、安田太郎という当時十七歳だった少年飛行兵と、何らかの関係があると思わざるを得ないんですよ。その安田太郎は、特攻隊員として死んでいるんです。それなのに、どうして一度も、娘のあなたに、特攻の話をしなかったんだろう？」

「わかりません。父は特攻隊員ではなかったからでしょうか」

弓子には、それしかいえないのだ。

「でも、坂西さんは福岡に寄った後、知覧特攻平和会館に行くつもりだった。そうとしか思えないんですよ」

「福岡で西鉄ライオンズの思い出の地をまわってから、戦争中の話をしてくれると、確かに父はそういっていました」

「おそらく、この知覧特攻平和会館に来たときに、その話をするつもりだったのではないでしょうかね」

「でも、それと父の事件と、何か関係があるんでしょうか？」

と、今度は弓子がきいた。

「私も、それを知りたいですよ。坂西さんの殺された様子から見て、犯人に車中で呼び出されたとしか考えられない。百万円の現金も残っていましたから、物盗《ものと》りとか喧《けん》嘩《か》ではないでしょう。とすれば、それだけの強い動機があったと思わざるを得ません。たぶん、知覧の特攻隊と少年飛行兵と、この二つが絡《から》み合っているのではないかと見ているんですが」

藤田が、考えながらいう。

弓子は、黙って聞いていたが、少し間を置いて、

「こんなことになって、私自身、びっくりしています」

と、いった。

「わかりますよ。ショックなことは、よくわかります」

「新幹線の中では、父はとても上機嫌で、好きな西鉄ライオンズのことを、ずっと喋《しゃべ》っていたんです。それがまさか、その父が殺されることになるなんて、まったく考えていませんでした。この最後の旅を終えれば、いつもの生活に戻るとしか思っていませんでしたから。だから今、戦時中の特攻の話を聞いても、私にはピンと来ないんです」

「坂西さんは、戦時中の話は、全くあなたにしなかった。それなのに、今回、九州へ

来ることになった。それは坂西さんの要望だったんですよね？」

「そうなんです」

「福岡はわかります。西鉄ライオンズの思い出の地ですからね。しかし、なぜ急に鹿児島まで旅行をする気になったんでしょうね？」

「何度もお答えしたじゃないですか。わからないんです。鹿児島に着いたら話す、といっていたんです。でも、その前に、亡くなってしまって」

「鹿児島のどこへ行くかは言っていなかった？」

「はい」

「知覧の名前も、言っていなかったんですか？」

「一言も」

「でも、今は、坂西さんは知覧に行くつもりだったと思いますか？」

「半々です。この平和会館に父の写真でもあれば、私も信じます。でも、何もありませんでしたから」

「いやわかりませんよ。もう一度確認しましょうよ」

と、藤田がいった。

「確認する？　平和会館をいくら調べても、坂西勝利の名前も写真もなかったじゃありませんか」

「確かにそうですが、基地には特攻隊員以外にも、いろいろな人がいたはずです。整備兵もいれば、通信兵もいたし、民間人も、働いていたでしょう。その中に、坂西さんの名前があるかもしれませんよ」

と、藤田は粘る。

その発想に、弓子も少し気を取り直した。

「どうしたらいいんでしょう？」

「ここの館長に会いましょう。展示品以外の遺品もあるかもしれません。本や書類など、特攻関係の資料も、たくさん持っているはずですから」

二人は喫茶室を出ると、藤田が警察手帳をみせて、佐々木《ささき》という館長に会った。

五十代に見える館長だから、もちろん戦後生れだろう。藤田は、そのことに、いくらかの失望感を覚えながら、坂西勝利の名前を書いて、相手に渡した。

「この名前は、西鉄特急の車内で殺されていた方ではありませんか」

と、館長が驚いた様子でいった。藤田は、

「そうです。彼は九十一歳ですが、先日、亡くなりました。それで、この平和会館に、第八三振武隊の安田太郎さんの写真がありますね。その安田太郎さんと坂西さんは、親友、いや戦友だったと考えられるのです。この会館に、坂西さんについての写真や手紙などがないかどうか、ご面倒ですが、なんとか調べていただけませんか？」

と、いった。横から弓子も頭を下げた。

「館内は、もうご覧になりましたか？」

「見学させて頂きました」

「坂西勝利さんの名前はありましたか？」

「いくら探しても、ありませんでした。安田太郎さんの方は、名前も写真もありましたが」

「それなら、坂西勝利さんは、この知覧基地とは関係ないんですよ」

「安田太郎さんは第八三振武隊に属していました。この隊の全員の写真や名前があったら、見せて頂きたいのですが」

と、藤田がいうと、館長はあっさりと、

「出撃した十七人全員で撮った写真があるはずです。お見せしますよ」

と、いい、しばらく席を外すと、額に入った大きな写真を抱えて戻ってきた。

第八三振武隊、十七人全員の記念写真である。

名簿を見ながら、館長が説明する。

軍服姿で、軍刀を持つ二十五歳の隊長。同じく軍服に軍刀の副隊長が二人。両方とも、二十二歳である。

そして、十四名の隊員たち。全員二十歳以下の若々しい隊員たちである。

一番若い四人が十七歳。その中に安田太郎の名前はあったが、坂西勝利の名前も写真もなかった。

「昭和二十年六月二十五日、第八三振武隊の十七名が、沖縄沖に集結しているアメリカ機動部隊に向かって特攻を仕掛け、全員が突入しました。この十七名は二階級特進しています」

「十七人全員ですか？」

「そうです。全員です」

「第八三振武隊の隊員の中に、父の名前はないんですね？　ひょっとして、養子に入ったとか何かの事情で、苗字《みょうじ》が変わっていたということはないのでしょうか」

と、弓子がきいた。

「写真にも、坂西さんらしい人は写っていないでしょう？　だからこそ、坂西さんは九十一歳まで長生きされたわけですよ」

と、館長は微笑した。

「確かに、そうですね」

　と、藤田は黙ってしまった。が、弓子は、

「安田太郎さんの遺族は、今どこに住んでいるのか、わかりませんか？　電話番号などがわかれば、教えていただけませんか？」

　と、館長にきいた。

「当時の住所はわかりますので、それでもよければお教えしますが。何といっても、戦争中の住所ですから、今とは何もかも違っていますよ」

「それでも構いません」

　と、弓子がいった。

　館長が調べてくれた住所は、八王子《はちおうじ》だった。詳しい住所を教えてから、館長がいった。

「八王子は、昭和二十年八月二日の早朝に、B29の大編隊に爆撃を受けて、全市がほぼ焼失してしまいました。安田さんの実家も全焼し、連絡が取れなくなったと記録されていますね……」

「今も連絡は取れないんですか？」

「残念ながら、消息不明と書かれています。おそらく二十年八月二日の爆撃のあと、どこかに移られたんだと思いますが」

と、いった。

安田太郎だけが珍しいわけではなく、遺族と連絡が取れないケースは多いのだという。

当然かもしれない。安田太郎が十七歳で特攻死してから、七十年以上が経《た》っているのだ。

沖縄を除いて、本土決戦はなかったといっても、連日B29による爆撃があり、特に広島と長崎には、原子爆弾が投下されて、何十万人もの市民が亡くなっている。昭和二十年三月十日のB29による東京大空襲では、原子爆弾は使用されなかったが、十万の都民が亡くなっている。

遺族が全員亡くなった家もあるだろうし、そうでなくとも一家散り散りになって、戦後も苦労したことだろう。特攻隊員の遺族から、この会館に連絡があればいいが、こちらから遺族の消息を調べるのは至難に違いない。

手掛かりを得られず、少しばかり、がっかりして帰る二人を気の毒と思ったのか、館長は「知覧の全《すべ》て」という写真集を渡してくれた。

その日のうちに、藤田警部と弓子は、福岡県久留米市に戻った。

司法解剖から帰ってきた遺体を東京に搬送する手続をして、弓子は、遺体よりひと足先に、東京に帰った。

3

江戸川の自宅に帰った弓子は、葬儀や滞った会社の業務と、忙しさに追われた。第一線は退いていたとはいえ、創業して長年経営を引っ張ってきた父を亡くし、しかも自身も一週間以上、会社を空けなければならなかったのだ。坂西機械という会社の業務は大幅に滞っていた。

わずか四人の従業員の会社でも、会長が殺害されたという事実は、大きな動揺を与えていた。社長の自分が、責任を持って会社を続けていくと、従業員に約束した。

二人だけだが、新聞記者が取材に来た。その時も、父が何のために鹿児島に行こうとしていたのか、自分にはわからない、殺された理由もわからないと、記者たちにいった。記事は出なかった。

あっという間に、半月が過ぎた。

ある夜、従業員の中で一番年長の三浦晋介《しんすけ》が、救急車で病院に運ばれた。行きつけの酒場で泥酔《でいすい》して外の路地で喧嘩をし、相手に刺されたのである。

大きな傷ではなかったが、動脈を切られ、出血性ショックで、あっけなく死んでしまった。

六十二歳の三浦は、家族も静岡にサラリーマンの息子夫婦がいるだけで、ひとり暮しだった。

弓子が中心となって葬儀をすませると、仕事がありますからと、息子夫婦は、さっさと静岡に帰ってしまった。三浦のアパートは、後日改めて片付けるつもりらしい。

入れ替わるように弓子に会いに来たのは、警視庁捜査一課の十津川警部と亀井刑事だった。

三浦の事件直後も刑事は来たのだが、その時は酔っ払い同士の喧嘩の果ての殺人ということで、所轄《しょかつ》署の刑事が、熱のない調子で聞き込みに来たのである。

それが、今回は妙に熱っぽく、殺された三浦について質問してきた。

「どうしたんですか？　酔っ払い同士の喧嘩なんでしょう？」

弓子が皮肉をいうと、十津川は、

「実は、福岡県警と合同捜査になりました」

と、きまじめな顔でいった。

弓子は一瞬とまどって、

「合同捜査ですか？」

と聞き返したのだが、すぐ意味がわかった。

「三浦さんの事件と父が九州で殺された事件に、何か関係があるんですか？」

と、声が大きくなってしまった。

十津川は、小さく肯《うなず》いて、

「あると思っています」

「でも、三浦さんのほうは、酔っ払い同士の喧嘩が原因だと、警察はそう見ているんでしょう？」

「そうです。しかし、いまだに容疑者が見つかりません」

と、十津川がいった。

「でも、それは――」

捜査が不十分だからでしょうと、思わずいいかけて、弓子はやめた。十津川が先に、

「捜査が不十分だからだと思っていましたが、どうも違うのです」

と、いったからである。

「どうして、そう思うんですか？」

「あの酒場は、三浦さんがよく行く、なじみの店でした」

「ええ。知っています。他の従業員もよく行くお店です」

「常連客の多い店です。客同士の揉《も》め事となれば、たいていは、誰が犯人かはすぐに判るものです。他の客も常連で、お互いに、よく知っていることが多いからです。所轄署も最初はそう考えていたのですが、今日まで捜査をしても、なぜか他の客が加害者のことを、全く知らないのです。異口同音に、初めて見た客だというのです。店の主人も、一緒に店で働くおかみさんもです」

十津川は、彼らの証言を元に作られた、容疑者の似顔絵を見せてくれた。

年齢は三十代後半か。細面である。

「身長は一七五センチ前後、やせ型です。この男に見覚えはありますか？」

と、十津川がきく。

「全くありません」

と、弓子はいった。

「あの店には、あなたも飲みに行くことがあるんですか？」

「たまには。父も時々行っていましたから」

「それでも、この顔には見覚えがない？」

「ええ」

「つまり、この男は、事件の夜に初めて、あの店に飲みに来たと思われるのです。そして、三浦さんと喧嘩をして、路地の奥で刺して逃げたんです」

と、十津川がいう。

「まるで三浦さんを殺すために、あの店にやって来たみたいな言い方ですね？」

と、弓子がいっても、十津川はニコリともせず、

「その可能性もあると見ています」

と、いった。

「それで、改めてお聞きしたいことがあるんですよ」

「どんなことでしょうか？」

「三浦さんは、ここでは一番古い従業員でしたね？」

「ええ」

「どのくらい坂西機械にいたんですか？」

「確か、高校を卒業してすぐに、うちで働き始めていますから、四十年以上になると思います」

「坂西勝利さんが社長の頃からですね？」

「ええ。もちろんです」

「三浦さんは、どんな人間ですか？」

「まじめですよ。お酒好きなのでちょっと心配でしたが、父は信頼していました」

「お父さんも、お酒を飲みましたか？」

「ええ」

「それでは、三浦さんと飲むことも多かったんじゃありませんかね？」

「あったと思います」

「その時かな」

と、十津川がいう。

「何がですか？」

「坂西さんは、自分の体験した戦争中のことを話さなかったんでしょう？」

「ええ。全く話しませんでした」

「なぜ、今まで全く話さなかったんですかね？　自分の娘にさえも」

「それは、もう何度も何度もお答えしました。私にはわかりません」

「ひょっとすると、あなたが女性だったからかもしれませんね」

と、十津川がいう。一瞬、弓子はむっとして、

「どういうことでしょうか。私は、父とお酒を飲むことも、度々ありました。いろんな話をしましたよ」

「意外に男というものは、話題によっては、女性に対して話しにくいことがあるんです」

と、十津川はいった。

「たとえば、どんなことです？　母が亡くなってからは、女性のことだって、平気で父と話していましたけど」

と、弓子はいった。

「戦争のことも、その一つですよ。その点、三浦さんは戦争については、あなたより話しやすかったかもしれない」

「でも、三浦さんは六十過ぎですが、もちろん戦後生れで、戦争を知らない世代ですよ」

「そうです。ただ、調べてみると、三浦さんの叔父二人が、中国戦線とフィリピンで戦死しています」

「でも、父は中国戦線にも、フィリピンの戦争にも行っていませんよ。終戦の時、十七歳だったのですから」

と、弓子は、いい返した。

「その通りです」

十津川は、肯いてから、いう。

「実は、三浦さんのアパートを調べていたら、意外な物が見つかりました。三浦さんには読書の趣味がないらしく、部屋には、本もほとんどないし、本棚もありません」

「そのことは、私も知っていました。活字が苦手だと、いってましたから」

と、弓子は、やっと笑えた。

「音楽のCDもなければ、映画のDVDもない。それなのに——」

と、十津川は続けて、

「なぜか『写真で見た太平洋戦争全十二巻セット』というDVDと、他に太平洋戦争関係のDVDを五本、それと9インチのノート型のDVDプレイヤーを持っていたんです」

「それは知りませんでした」

「他の従業員の話によると、坂西さんが買い与えたらしいですよ。それも、ご存じありませんか？」

「初耳です。でも、父がなぜそんなことを？」

「たぶん、戦争の話ができる相手が欲しかったんじゃありませんかね。娘のあなたには、なぜか話しにくかった。といって、若い男性では、なおさら話が通じないと思ったのでしょう。その点、三浦さんは親戚《しんせき》二人を戦争で失っているので、話しやすかったのかもしれません」

「それが、三浦さんの事件と、どのように関係するのでしょうか？」

弓子は、いちおう納得することにして、十津川の推理を促した。

「実は、三浦さんが喧嘩になった居酒屋で、坂西さんと三浦さんが一緒に飲んでいたときに、戦争とか特攻隊といった言葉が、二人の間で飛び交っていたそうなんです。隣の席に座っていた常連客が証言しています」

「それは、先ほどの十津川さんの話を裏付ける証言ですね。でも、それが？」

「あの居酒屋では、音を消したテレビを、つけっぱなしにしています。そんな風に戦争や特攻隊の話をしていた坂西さんが、突然、テレビに目をやったまま、凍りついたように無言になったというのです。そして、そのあとは、坂西さんと三浦さんで、小声で何事か話し合っていたと、その常連客が証言してくれました」

「まだ、よくわかりません。そのテレビは、何の番組をやっていたんですか」

「夜七時のニュースだったようですが、常連客が異変に気づいて、テレビに目をやった時には、スポーツニュースに移っていたとか。いや、西鉄ライオンズのニュースではありませんよ。サッカーか何かのニュースだったようです」

と、弓子の先回りをするように、十津川がいった。

「父は、サッカーには興味がありませんでした。というか、西鉄ライオンズだけが例外で、プロ野球やほかのスポーツにも、関心がなかったように思います。それは、いつごろの話なんですか？」

「半年ほど前だが、正確には憶《おぼ》えていないといっていますね」

「私には、まだわかりませんね。どうして、それが父や三浦さんの事件と関係してくるのか……」

と、弓子がいうと、十津川もうなずいた。

「具体的な関係は、まだ私にもわかっていません。ただ、坂西さんと三浦さんには、戦争や特攻隊という共通の関心事があって、それが今回の事件の根っこにあるように思えてならないのです」

「つまり、十津川警部は、父と三浦さんは、同じ犯人に殺されたと見ているのでしょうか？」

「それはまだ何ともいえません。坂西さんの事件では、西鉄の車内で、犯人は携帯電話で被害者を呼び出しています。三浦さんの事件では、容疑者の男の方から、三浦さんに絡んでいったようです。似ているようですが、坂西さんの事件では、犯人は顔を見せていないのに対して、三浦さんの事件では、平気で顔を出しています。しかも、こちらは三十代と、太平洋戦争に関わるには、若すぎる年齢です。私にはどうも、三浦さんの事件では、犯人は背後にいて、この三十代の男を手先に使っているような気がします」

十津川の話を聞いて、弓子はあることを思い出した。

「そういえば、父の携帯は見つかったのでしょうか」

「まだ見つかっていませんね。電源も切られたままのようです。ただ、電話会社の記録を調べたところ、最後に坂西さんの携帯にかかってきた番号がわかりました」

「その番号は？」

「残念ながら個人の番号ではなく、福岡市内の公衆電話の番号でした。もちろん、坂西さんの携帯には、非通知と出たはずです」

「つまり犯人は、西鉄特急の車内にいたのではなかったのですか？」

「いえ、私は、坂西さんを殺した犯人は、特急の車内にいたと考えています。この事件は、戦争と分かちがたく関係しているとしても、非常に個人的な動機に端を発していると思えるからです。その意味で、犯人はあくまでも一人ですが、周囲に手を貸す人間がいるのでしょう」

十津川がそういったとき、胸ポケットで携帯が振動した。

4

十津川に電話してきたのは、福岡県警の藤田警部だった。あとを亀井にまかせて、十津川がその場を離れて電話に応じた。

「現在、京都に来ています。京都で、坂西勝利を見つけました」

と、いきなり藤田は、いった。

十津川は、少しばかり混乱した。それを察したのか、藤田は最初より落ち着いた口調になった。

「いくら調べても、知覧には、坂西勝利の名前はありませんでした。しかし、あきらめきれなくて、第八三振武隊に配属される前の、陸軍少年飛行兵学校の卒業名簿の中に、彼の名前があるかもしれないと思って、そちらを探し始めました。安田太郎と同じ陸軍少年飛行兵第十五期の卒業名簿や写真は、陸軍少年飛行兵学校跡地の歴史民俗資料館分館にあることがわかりましたが、やはり坂西勝利の名前はありません。私も意地になりましてね。今度は、個人で卒業名簿を持っている遺族を探しまわったんです。それで、京都に卒業名簿を持っている遺族がいるのがわかって、頼み込んで見せてもらいました。そこで、見つけたんですよ」

「坂西勝利の名前ですか？」

「そうです。陸軍少年飛行兵第十五期生の卒業名簿に、坂西勝利の名前が見つかったんです」

藤田の声は弾んでいる。

「正式に保存されている第十五期生の名簿には、坂西勝利の名前はなかったが、京都で見つかった名簿には、坂西勝利の名前があるということですか？」

「その通りです」

「なぜ二種類の名簿があるんですかね？」

「今のところはわかりませんが、それが今回の事件の遠因になっているのかもしれません」

藤田の声は、まだ興奮していた。

「ぜひ、その卒業名簿を見たいですね」

と、十津川はいった。彼の声も興奮していた。

「これからいったん福岡に帰って、本部長に報告してから、東京へ行くつもりです」

と、藤田はいった。

十津川は戻って、弓子に、藤田の話をかいつまんで伝えた。

弓子は、とまどった様子で、

「なぜ、そんなことが」

と、つぶやいた。

「戦争では、どんなことでも起きますからね」

と、十津川はいった。

もちろん、十津川に戦争体験はない。しかし、体験者に話を聞いたり、本や資料を読んだりして、少しは戦争の実態を知っているつもりだった。

特に、戦争末期はひどかった。玉砕して全滅する負け戦の連続だったし、戦死の多くは餓死だった。

原爆による惨劇では、高熱で死体が蒸発し、影だけしか残らなかった者もあった。

昭和二十年に十七歳だった坂西勝利の名前が、陸軍少年飛行兵の卒業名簿にあったりなかったりするのは、今の目から見れば奇妙だが、戦争末期の記録である。

（あり得たのだ）

あの戦争の末期には、どんなことでも起こりうる。福岡県警の藤田警部も、そう確信しているようだ。十津川も、そのつもりで、今後の捜査に当たる決意だった。

「父は、なぜ鹿児島の知覧基地に行こうとしたのでしょうか？」

と、弓子がいった。

「それを、検討する必要がありますね」

と、亀井が応じる。

「そうだ。坂西さんがなぜ知覧に向かおうとしていたのか、その答えを見つけないと、事件の解決はないだろうね」

と、十津川もいった。

「知覧に安田太郎の名前があっても、自分の名前はないことを、父は知っていたんでしょうか？」

弓子は、疑問が次々に浮んでくることに、とまどいを隠せない表情だった。

「多分、知っていたでしょうね。だから、戦後になって、福岡には行っても、鹿児島までは行かなかったのでしょうね」

十津川がいった。

「不思議な気持です」

と、弓子がいった。

「二度と九州へ行くことはないだろうと思っていたんですが、今は、もう一度行きたくなっています。父のためにも、行かなければならない気がします」

「いずれ、われわれも向うに行く必要が必ず出て来ます。西鉄にも乗らなければならないし、知覧の記念館にも足を運びます。何か確認しなければならないことが起きれば、弓子さんにも来てもらうことになるかもしれません」

十津川がいうと、弓子は、

「父のためなら、どこへでも行きます」

と、いった。

5

翌日、福岡県警の藤田警部が上京してきた。その到着に合わせて、警視庁で捜査会議が開かれた。

まず、藤田警部が京都で発見した、陸軍少年飛行兵第十五期生の卒業名簿の報告があった。

知覧に残された正式の名簿のコピーと、京都の名簿とが同時に披露された。

特攻に向かう少年たちである。

京都で発見された名簿には、十七歳の坂西勝利が入っているが、もう一つの名簿には入っていない。

「なぜ二種類の名簿があるのか、その理由はわかりませんが、私が現時点で、この資料に関連して推測したことを、聞いていただきたいと思います」

と、藤田はいった。

「知覧基地から、昭和二十年六月二十五日に第八三振武隊十七名が出撃し、沖縄周辺でアメリカ艦隊に突入して、戦死しています。この十七名の中に、安田太郎の名前もあります。知覧特攻平和会館には、彼の遺書が飾られています。実際には第八三振武隊に、坂西勝利も入っていたのではないのか。にもかかわらず、何か理由があって、出撃しなかったのではないかと、私は考えるのです」

と、藤田はいった。

それに対して、当然の質問が出た。

「証拠はあるんですか？」

「残念ながら、ありません。ただ、特攻機は、一機ずつバラバラに出撃するわけではありません。米軍のF6F戦闘機が待ち構えていれば、そこで戦闘になりますから、その時は、こちらも編隊を組む必要があります。連隊は三機編隊で飛ぶのが原則です。そうなると、十七機というのは不自然で、十八機の方が、三機ずつ六つの編隊で、数字的にも合うのです。十七機では、二機編隊が生じてしまいます。そう考えれば、第八三振武隊が十七人で編成されたというのは、不自然に見えてくるのです。もう一人加えて、本来は十八人で編成されていたと考えるほうが、自然ではないでしょうか」

「その一人が、坂西勝利ということですね？」

「京都で見つかった名簿の十八名が、当初の第八三振武隊の隊員なのではないか。そこから、なぜか坂西勝利が外されて、正式に保存されている名簿の十七名になってしまった。それは、第八三振武隊の出撃の記録にも合致します。逆にいえば、出撃記録に合わせて、名簿が書き替えられたのではないか。私はそのように考えていますが、今のところ、証拠はありません」

と、藤田はいった。

ここで藤田警部の報告は終わり、今後の捜査方針の確認に移った。

三上《みかみ》刑事部長が、自分の考えを話した。

「坂西勝利は、昭和二十年、陸軍少年飛行兵第十五期生として、鹿児島の知覧基地に配属された可能性が高い。戦友の安田太郎と共に、沖縄に進攻してきたアメリカ軍を攻撃する特攻隊員としてである」

三上の口調が演説調になるのは、現実に起きた戦争に関係しているからだろう。

「彼らは、第八三振武隊十八名の一員だった。特攻攻撃の訓練を続け、六月二十五日、沖縄海域に集結しているアメリカ艦隊に向けて特攻出撃した。すでに沖縄戦は終っていたが、アメリカの次の目標は九州上陸とわかっていたから、アメリカ艦隊を、その前に潰《つぶ》しておく必要があった。しかし、第八三振武隊は十八人のはずなのに、この日出撃したのは十七名で、なぜか、その中に坂西勝利の名前はなかった。十七名、十七機の戦闘機が、二百五十キロの爆弾を抱えて、全機突入し、十七名が死亡した」

三上は一度、呼吸を整えた。

「太平洋戦争が終ったあと、坂西勝利は、東京の下町の町工場で働くことになった。苦労して自立し、小さいが自分の会社、坂西機械を興《おこ》した。結婚し、娘の弓子が生れた。しかし、なぜか戦争の話は、娘にも全くしなかった。坂西は、日本シリーズで巨人軍を破って三連覇した西鉄ライオンズのファンになり、野球観戦が彼の最大の喜びになった。特に、昭和三十三年には、西鉄ライオンズが巨人軍に対して、歴史的な逆転勝利を収めた。坂西にとっては会社も苦しい時期だったが、その翌年には休みを取って、福岡を訪れている。しかし、九州まで行ったのに、なぜか知覧には行かなかった。

そして、今年九十一歳になった坂西は、突然、娘の弓子を連れて、福岡と鹿児島を訪れる旅行を計画した。福岡は、若い頃の自分を励ましてくれた、西鉄ライオンズの思い出の場所だから、行きの新幹線の中でも、盛んに当時の思い出を娘に話して聞かせていた。しかし、対照的に鹿児島行については、向こうに着いたら話すといったきり、何も明かそうとしなかった。

福岡から大牟田に向かう途中、坂西は、西鉄の特急の車内で殺害されているのが発見された。

従って、坂西が鹿児島のどこへ、何のために行くのかは、不明のままとなった。

その後、坂西家の仏壇に隠されていた写真が発見され、その人物が、特攻で亡くなった陸軍少年飛行兵、安田太郎だと判明した。そのため、坂西も、陸軍少年飛行兵や知覧基地と関係があるのではないかと考えられている。

ところが、知覧の特攻平和会館に、坂西勝利の名前はなかった。その後、東京で第二の殺人事件が発生した。坂西機械の三浦という従業員が殺されたのだ。当初、居酒屋の客同士の喧嘩で殺されたと見られていたが、坂西勝利の事件に関係している可能性が認められたため、警視庁と福岡県警の合同捜査になった。三浦は、戦争や特攻隊について、坂西から何か重要な秘密を聞いていて、その口を封じるために犠牲にされたのかもしれないのだ。

以上だ。何か考えていることがあったら、遠慮なく発言してもらいたい」

五分間の休憩のあと、刑事たちの質問や意見の応酬が始まった。

いずれも臆測《おくそく》を交えたものだったのは、捜査の本筋が定まらない段階だから、止《や》むを得ないかもしれない。

最後に十津川が、他の刑事たちと違った意見を口にした。

「私は、皆がいわなかったこと、忘れていることを取り上げたいと思います。それは、西鉄ライオンズと西鉄――すなわち西日本鉄道のことです。一見すると、西鉄ライオンズは、今度の事件で、全く関係がないように見えます。すでに西鉄ライオンズという球団はありませんし、野球選手と今回の殺人は、無関係に見えるからです。しかし、考えてみれば、選手たちは、特攻死した少年飛行兵と同じように、若者なのです。西鉄ライオンズのエース、稲尾は、大活躍した当時、終戦時の坂西と、さして変らない年齢でした。二十歳になるかならずかの若者だったのです。そして坂西が殺されたのは、西鉄ライオンズの親会社、西日本鉄道の特急列車の車内でした。これが偶然なのかどうか」

十津川は一息入れた。

しかし、十津川の話に、真剣に耳を傾けている刑事は見当たらなかった。

誰もが、今回の殺人事件は、知覧の陸軍少年特攻兵士の死と関係があると考えていた。プロ野球の選手や西鉄ライオンズという球団と関係があると考えている者は、ほとんどいないのだろう。

それでも構わずに、十津川は話をつづけた。

「私は、被害者の坂西勝利とは、世代が違います。西鉄ライオンズというチームのことも、活躍した選手についても、話としては聞いていますが、実際の活躍を目にしてはいません。しかし、坂西の熱狂は大変なものだったと想像が出来ます。これは私の勝手な考えですが、坂西には、二つの人生があった。怒りと悲しみに満ちた暗い人生と、楽しく明るい充実した人生の二つです。坂西の人生が特別だというわけではありません。たいていの人間は、辛《つら》い人生と楽しい人生の、両方を持っているものです。『辛い時代もあったが、今思えばなつかしい』と言う人は、たくさんいますからね。だが、坂西の場合は、そう簡単ではなかったと思うのです。実態は、これから調べなければ何もいえませんが、『今思えばなつかしい』とは、到底いえないものだった。それは間違いありません。だからこそ、坂西は、戦後になっても、一度も鹿児島を訪れず、ひとり娘に向かって、戦争の話を一度もしなかったのでしょう。彼は、その記憶を消そうとしていた、忘れようとしていたのではないかと思います。ですが、九十一歳になって、自分の死を想《おも》った時、自分の中で、辛く暗いほうの人生を、何とか清算したいと思ったのではないでしょうか。だからこそ、鹿児島行を決めたのだと思うのです。暗い記憶を清算し、自分が納得してから、死にたいと願っていたのかもしれません。それと、もう一つ、西鉄ライオンズが坂西に与えてくれた楽しさが、彼の人生に、どんな影響を与えたのかも知りたいのです。事件とは関係ないという人もいますが、私は、そうは思わないのです。坂西は、西鉄ライオンズと西鉄がなかったら、福岡へ行かなかった。それは確かでしょう。しかし、同時に、西鉄ライオンズと西鉄がなかったら、鹿児島へも行かなかったのではないか。私には、そう思えてならないのです」

と、十津川はいった。

捜査会議が終り、福岡県警の藤田警部はホテルに引き揚げる間際《まぎわ》になって、十津川に向かって、

「明日、私は福岡に帰りますが、その前に、もう少し話をしたいんですが」

と、いった。十津川も、

「賛成です」

と応じて、ホテルに同行した。

今回の事件について、十津川も、もう少し藤田と話したかったからである。

藤田が投宿しているのが、東京ステーションホテルだと聞いて、十津川は驚いた。刑事が出張で泊まれるようなホテルではないと知っているからである。

部屋に入ると、藤田は買ってきた缶コーヒーを、二本取り出して、片方を十津川に渡してから、

「東京に来た時は、このステーションホテルに泊ることにしているんです。東京に着いた時よりも、これから東京を離れて帰るという気分が好きでしてね。このホテルなら、帰りの新幹線に直接つながっているような気がするのです。経費だけではとても泊まれませんが、自腹を切ってでも泊まりたいホテルですね」

と、いう。

「それが私にはわからない。東京で生まれ育ったせいでしょうかね」

と、十津川は笑った。

部屋にいても、列車の音や、駅のアナウンスが、かすかに聞こえてくる。

「坂西勝利は、どんな気持で東京駅を出発したんでしょうね」

と、藤田は、ひとり言のように、いってから、

「鹿児島に行くなら、飛行機の方が断然早いのに、新幹線を使っています。しかも、まっすぐ鹿児島に行かず、福岡に寄って西鉄ライオンズの思い出を楽しんでから、それもわざわざ西日本鉄道を使って、鹿児島に向かっています」

「それだけ弾みをつけてからでないと、鹿児島へ行くことが出来なかったということでしょうね。それと、鹿児島というより、知覧といった方が、事件を考えやすいと思います」

「同感です」

「知覧といえば、いやでも陸軍の特攻ということになりますが、お互い戦後生れなので、特攻について、知識としては知っていても、実感がない。それが、もどかしくてなりません」

と、十津川は、正直にいった。

「私は福岡の生れですから、なおさら、今回のような事件にぶつかって、もどかしさを感じます。特に坂西勝利は、終戦当時十七歳です。本土決戦が間近に迫る頃の若者

の気持がどんなものだったか、理解したいのですが、到底無理ですね。B29の爆音も聞こえない、飢餓もない、それに第一、特攻で死ぬ若者もいませんから」

と、藤田はいった。

博多行最終の「のぞみ五九号」の発車を告げるアナウンスが、小さく聞こえてくる。まだ午後六時五十分前だが、博多に着くのは十一時五十四分である。五時間かかるのだ。

坂西勝利は、知覧に行く決心をつけるために、それだけの時間が必要だったのか。加えて、西鉄ライオンズの楽しい思い出が必要だったのだ。

「坂西が、特攻で死んだ安田太郎と同じ陸軍少年飛行兵第十五期生だったことは、まず間違いありませんね」

と、藤田はいった。

「藤田さんは、京都で同じ陸軍少年飛行兵の遺族に会ったと、いっていましたね」

「そうです。そこで貴重な卒業名簿を借りて、コピーすることが出来たんです」

「その卒業生も、特攻で亡くなったんですか？」

「十七歳で死んでいますが、安田太郎や坂西勝利と同じ隊ではありません。知覧特攻平和会館には、彼の写真と遺書があるそうです」

「十七歳といえば、今なら高校二年生ですよ。その若さで死ぬと決まったら、どんな気持になるんですかね」

「終戦時に十七歳だった坂西勝利の気持は、もっと複雑だったかも知れません。同年代の安田太郎が、十七歳で特攻で死んだのに、彼だけが生き残ったのですから」

二人とも、しばらく黙っていた。

黙って缶コーヒーを飲んでいたが、十津川は頭を軽くしようと、炭酸が欲しくなった。藤田が、コーラを冷蔵庫から取り出した。

「九十一歳ですよ」

と、藤田が、突然いった。

「九十一年間の人生。それなのに、十七歳の陸軍少年飛行兵と、三十代で熱中した西鉄ライオンズの思い出しかないんですかね。他に思い出があって、その土地を訪ねて北海道にでも旅行していたら、殺されずにすんだはずですよ」

「私だって、思い出を話して下さいといわれると、あるたった一つのことしか思い出せませんよ」

と、十津川はいった。

第三章　十七歳の生と死

1

十津川は、十七歳のときに、親友を喪《うしな》っていた。

その親友の名前は、笠井透《かさいとおる》。

当時の十津川は、大勢の友達と集まって騒ぐようなタイプではなかった。高校一年から三年にかけて、親友と呼べるのは、その笠井だけだった。彼一人で充分だった。

十津川はリアリストで、笠井はロマンチストだった。笠井は、将来は作家になると言い、旅行に行くと、やたらに詩を作り、そのいくつかを十津川は、もらったこともある。昔の女学生のようだが、笠井は大真面目《おおまじめ》だった。もちろん、二人の間に恋愛めいた感情はなかった。友情だけである。

その笠井が、十七歳の時、突然死んでしまったのである。

高校最後の夏休み、湘南《しょうなん》にある笠井の親戚《しんせき》の家に、一週間泊めてもらい、目の前に広がる海を楽しんだ。滞在最後の日、地元の花火大会が、夜遅くまであった。帰りに海岸通りを歩いていた時、事故は起きた。酔っ払った中年男の運転する車が、十津川たちに向かって、突っ込んできたのである。

ぶつかる、と思った瞬間、笠井が十津川の身体《からだ》を突き飛ばした。海側を歩いていた十津川は夜の海に見とれていて、暴走車が突進してくることに、直前まで気付いていなかった。道路側を歩いていた笠井が先に気付いて、咄嗟《とっさ》に十津川を突き飛ばしたのである。

そのお陰で、十津川は左足を擦りむいただけで済んだが、笠井は死んだ。

笠井は当時、ある雑誌の新人文学賞に応募していたが、そのことは誰にも教えていなかった。葬儀の後に、その応募作が佳作に入ったと知り、十津川は泣いた。あの時、自分が死んで、笠井が助かっていたら、笠井は、佳作とはいえ受賞を、さぞ喜んだろう。

十津川は自分が死ねばよかったと、自分を責め続けた。

2

昭和二十年に十七歳だった坂西勝利と、その友人で同じく十七歳だった安田太郎の二人についても、少しずつ詳しい人生がわかってきた。

坂西勝利と安田太郎の二人は、昭和十八年十月、福岡県の大刀洗《たちあらい》陸軍飛行学校に志願して入校している。まだ戦局は逼迫《ひっぱく》していない、特攻という言葉も生まれていない時期だ。坂西、安田を含めて、四十人の第十五期生が、同期として入学。途中で適性を調べ、爆撃機部隊と戦闘機部隊の二つに分かれた。それが昭和十九年十月のことである。

この選別で、坂西と安田は戦闘機部隊に配属された。その時も、まだ特攻隊の話はどこにもない。ただ、石油の根本的な不足と、飛行機そのものが不足していたので、時間が掛かる訓練は少なくなった。

昭和二十年二月。二人は特攻隊に編入された。この時、坂西と安田の二人を訓練したのは、丸山《まるやま》という飛行隊長だった。陸軍飛行学校では、二人の先輩にあたり、最初は戦闘機乗りの訓練をしていたが、特攻隊に組み込まれると、それに合わせた訓練に変えた。丸山自身は特攻には出撃せず、昭和二十年八月十五日に九州で終戦を迎え、戦後はサラリーマンになり、九十歳まで生き抜いた。

その丸山飛行隊長の遺族が、福岡市内に住んでいるとわかった。十津川は、福岡県警の藤田警部に案内してもらって、その遺族に会いに行った。

丸山飛行隊長の娘夫婦は、福岡市内で小さな料亭をやっていた。料亭の名前は、「まるやま」である。丸山飛行隊長の娘、圭子《けいこ》は現在七十歳だが、元気に婿《むこ》と一緒に料亭を続けていた。戦後、無事に復員した丸山飛行隊長は、友人の会社でサラリーマンをしていたのだが、定年を目前にして退職し、福岡市内に退職金で土地を買い、この料亭を始めたのである。

十津川たちに応対してくれたのは、主として丸山飛行隊長の娘、圭子だった。

「父は、戦争のことを、ほとんど喋《しゃべ》りませんでした。陸軍の特攻隊員を訓練した話なんて、一度も聞いたことがありません。よほど話したくない事情があったんだと思いますが、最近になって、その父が、陸軍の飛行部隊にいた時の体験を書いた日記のような、手紙のような物が見つかったんです。ただ、その末尾には『これは絶対に発表しない事』と書いてありましたので、今まで黙っていました。殺人事件に関係があるなら、父には申し訳ありませんけれども、皆さんにお見せしましょう」

　そう言って、丸山圭子は、二百枚ほどの原稿を見せてくれた。

　その二百枚を、十津川たちは近くのコンビニで、二部コピーした。十津川と藤田警部で分けて所持し、それぞれが目を通しておくことに決めた。

　博多の中心部に戻った十津川は、藤田警部が案内してくれた店で、早めの夕食を摂《と》った。福岡の名産がずらりと並ぶ。ゴマサバの新鮮さに、十津川は思わずうなった。最後に鯛《たい》茶漬けを食べて店を後にした。十津川は、地下鉄で福岡空港へ向かうと、最終便で東京に帰った。東京行きの新幹線は、もう終わっていた。

　羽田空港から警視庁に戻ると、亀井刑事がまだ仕事をしていた。今回の事件については、やたらに三上刑事部長が熱心だという。いつものように、早く決着をつけろとはいわず、じっくり捜査するように、と指示しているというのだ。

「部長にしては珍しいね」

　と、十津川は言った。

「あれで部長は戦記物が好きらしいんですよ。太平洋戦争のＤＶＤは、何枚も持っているそうですよ」

と、亀井はいう。十津川は、コピーしてきた二百枚の原稿を、亀井に渡した。十津川は、飛行機の中で、すでに読んでいる。

「この中に今回の事件の謎《なぞ》を解くカギがあるかもしれないし、ないかもしれない。何しろ丸山飛行隊長は、坂西や安田たち陸軍少年飛行兵第十五期生の訓練こそしているが、特攻隊員として送り出す時には知覧にはいなくて、別の基地で、次の特攻隊員を訓練していたそうだから」

自動販売機のコーヒーを飲みながら、十津川と亀井は、黙って丸山の手記を読んだ。亀井が先に読んで、一枚ずつ十津川に渡してくる。それをもう一度、十津川が読むのだ。

冒頭の方では、丸山飛行隊長は、四十名の陸軍少年飛行兵第十五期の生徒の訓練をしている。悲壮感はない。特攻は、作戦としてはすでに立案されていたかもしれないが、まだ丸山飛行隊長のところまでは、下りてきてはいなかったのだろう。

第十五期生の訓練内容について、丸山飛行隊長は、辛辣《しんらつ》に批判していた。丸山は、こう書いている。

「一人前に、戦闘機あるいは爆撃機を飛ばすには、最低でも二百時間の訓練が必要である。しかし、今回訓練に携わる四十名の第十五期生たちは、とても二百時間の訓練が出来るとは思えない。石油不足から来る、決定的な訓練時間の短さ故《ゆえ》である。彼らは懸命に訓練に臨んでいるが、練度は低い」

　丸山は、さらに続けている。

「石油不足に加えて、前線における操縦士の決定的な不足から、短い訓練時間しか経ていない生徒を、戦場に送り出さなければならない。もう一つの問題は、日本軍の生命軽視にある」

　丸山は以下のように書いている。

　太平洋戦争が始まった当初、日本の海軍にも陸軍にも、百戦錬磨の優秀なベテラン操縦士が大勢いた。だが、時が経《た》つにつれ、彼らは次々に散っていった。

　アメリカは、予測される空戦区域の海に、味方の潜水艦を何隻《せき》か潜ませておく。撃墜されて、パラシュートで降下してくる操縦士を救出するためだ。日本は、そんな備えをしなかった。

　なぜ、しなかったのか。それには東条英機《とうじょうひでき》の示達した「戦陣訓」が影響しているように思われる。特に太平洋戦争初期には、敵国の基地上空での空戦が多かった。その時、パラシュートで降りて、ちょうど味方の潜水艦に救われればいいが、うまくいかずに、敵軍の捕虜になったらどうするのか。戦陣訓では、「生きて虜囚の辱《はずかし》めを受けず」と、捕虜になるくらいならば死ねと教えている。そのため、日本の海軍、陸軍の飛行士は、被弾して墜落寸前になってもパラシュートで脱出せずに、味方に向かって手やハンカチを振りながら、多くが自爆して行った。どうせ戦陣訓があるのだから、パラシュートを持って行っても使うことはない。むしろ、パラシュートを積んでいくと「卑怯者《ひきょうもの》」と誹《そし》られる恐れがあるので、最初からパラシュートを積まずに出撃した飛行士も多かった。そのために、多くの熟練した歴戦の操縦士が亡《な》くなった。

丸山飛行隊長の心配は、安田太郎や坂西勝利たちが、実戦で搭乗する飛行機にも及んでいた。開戦当初、海軍の零戦《ゼロせん》と共に、陸軍の隼は、優秀な戦闘機だった。それがわずかな時間で、時代遅れの戦闘機になってしまった。

アメリカは、次々に新鋭戦闘機や爆撃機を第一線に繰り出してくる。それに対して、日本の方も新鋭の戦闘機を作り出そうと苦悩しているのだが、なかなか上手《うま》くいかない。日本陸軍の第一線の戦闘機は隼、海軍は零戦のままだった。

零戦も隼も、開発当初こそ優秀だったが、軽量、軽武装の軽戦闘機である。世界の戦闘機の主力は、重武装・高速の重戦闘機に移り変わっていた。一機対一機の格闘戦の時代でもなくなっていた。百機、時には二百機、三百機の大編隊が戦うのである。

最も警戒すべきアメリカの大機動部隊が一時に使用できる飛行機の数は、千機近い。

日本とアメリカとの工業力の差から、数の多寡《たか》は仕方がないと、半ば諦《あきら》められていた。それ以上に丸山が手記の中で問題視しているのが、隼の性能だった。

隼は改造されて三型になっていたが、昭和十八年から十九年にかけては、アメリカの戦闘機との性能の差が、決定的になっていった。

第一は、スピードの差である。アメリカの戦闘機は馬力を上げ、ほとんどの戦闘機が時速六百キロを超えるようになった。それに対して日本の隼は、いくら改造しても、六百キロを超えることが出来なかった。

第二は防御力である。戦闘機に限らない。日本海軍、陸軍の爆撃機は、すべて防御力が弱く、被弾すればすぐ燃えてしまう。優位に立っていた緒戦のうちは、それがほとんどマイナスにならなかったが、やがて防御力の差は決定的になっていった。特に海軍の主力攻撃機である一式陸攻などは、アメリカから「ライター」と揶揄《やゆ》された。それほど燃えやすかった。

第三は攻撃力である。アメリカの戦闘機の場合、陸軍のＰ38、Ｐ47、Ｐ51、海軍のグラマンＦ６Ｆなどは、四門ないし八門の一二・七ミリ機銃を装備している。重武装である。それに対して、日本の戦闘機、特に陸軍の隼が装備している機銃は、たったの二門である。これには隼という戦闘機の持つ、構造的欠陥があった。

丸山飛行隊長は、こう書いている。

「アメリカのP47、P51、P38あるいは海軍のF6Fなどは、一二・七ミリ機関銃を備えつけていた。日本でも、海軍の零戦は、機首に二丁の機関銃、翼に二〇ミリ機関銃を二丁備えつけ、合計で四丁の機関銃を備えている。ところが隼の場合は、最初から翼の構造上、機関銃を装備することが出来ないのである。そのため、機首に機関銃を二丁備えるだけになってしまった。それも、最初は七・七ミリという小さな銃だった。その後、一三ミリの大型機関銃となったが、それでも二丁という制限は変わらなかった。スピードも六百キロ以上は出ず、武装にしても、翼には機銃がつけられない。機首に二丁の機銃だけでは、現代の戦闘機としては失格である」

それでも飛行隊長の丸山は、訓練時間の足りない陸軍少年飛行兵第十五期生を、必死になって教育していた。何とかして、アメリカの戦闘機あるいは爆撃機と、対等に戦えるようにしたかったのだろう。しかし昭和二十年の二月になって、突然その夢も破られてしまった。

十五期生たち、安田太郎や坂西勝利が、特攻隊員に決められてしまったからである。その時から丸山飛行隊長は、特攻を目的とした操縦訓練に切り替えて、十五期生たちを訓練した。しかし、どうしても、それまでの戦闘機乗りと同じような訓練をしてしまう。そのために、飛行司令から嫌みを言われたこともあった、と書いている。
「特攻というのは、必死なんだよ。決死ではなく、必死なんだ。飛び上がってしまえば、後は敵艦とぶつかって死ぬより仕方がない。それなのに、なぜ君は、着陸の訓練を熱心にやっているんだ。万が一にも帰って来ることはないんだから、着陸訓練など必要ないだろう」

しかし、丸山飛行隊長は、故障などで引き返す事態も考えて、着陸訓練を綿密にやっておく必要性を考慮に入れていた。

何しろ、特攻への出撃地は、九州の前線基地である。連日空襲を受けて、滑走路は穴だらけなのだ。出撃してから、急にエンジンの故障などで引き返す場合に、着陸に失敗すれば、無駄に命を落としてしまう。だから、綿密な着陸訓練をする必要があった。特攻として出撃はしたが、敵艦が見つからず、あるいはエンジン故障などがあって、引き返してくるのは稀《まれ》ではない。その際に着陸に失敗し、炎上して死んでしまった訓練生を何人も見たという後悔が、そこには綴《つづ》られていた。

そして沖縄の決戦が最大規模になると、特攻隊員となった陸軍少年飛行兵第十五期生たちは、特攻基地の知覧などに移動していった。丸山飛行隊長は訓練基地に残って、さらに新しい少年飛行兵の訓練に携わっていた。安田や坂西たちが、知覧あるいは知覧近辺の飛行場で、どんな特攻出撃を控えているのか、丸山は知らなかったようである。

昭和二十年六月二十五日。第八三振武隊は、沖縄のアメリカ艦船に特攻をかけた。その中に、自分が訓練した安田太郎たち何人かの名前があったが、坂西勝利の名前はなかった。丸山が不審に思って、知覧に問い合わせたところ、現地司令から、特攻隊員の中に坂西勝利という名前はないという答えが返ってきた。理由を聞いても、ただないとしか、答えてはくれなかった。

終戦を迎えてから数年後、丸山が改めて調べてみると、坂西勝利が、戦後、郷里に戻ったことがわかった。さらに、坂西が東京に出て、工場で働いているという消息が伝わってきた。

丸山は、坂西がどこにいるかを調べて電話をしてみた。そして、自分が大刀洗で飛行隊長をしていたこと、陸軍少年飛行兵第十五期生を訓練したことを告げると、相手はすぐに電話を切ってしまった。以後は、何度電話をしても、誰も出なかった。

そこから逆に、坂西勝利が戦後も生き延びて、東京で働いていると丸山は確信したが、いくら調べても、なぜ彼の名前が、知覧から出撃した陸軍特攻隊に見当たらないのかは分からなかった。同じ十五期生で、大刀洗で訓練を受けた安田太郎たちは、昭和二十年六月二十五日に、特攻隊として沖縄付近のアメリカ艦隊に突撃したことがわかっていて、写真も残っている。坂西勝利については、何もわからないまま、時が過ぎてしまった。

「坂西の名前が消えた事情については、何か深い仔細《しさい》があるに違いないのだが、それがわからないのは誠に残念である」

丸山飛行隊長の手記は、このように締めくくられていた。

読み終わった亀井が大きな声を出した。

「やっぱり、坂西勝利は特攻隊員だったんですよ」

「そうさ」

と、十津川が答えた。

坂西勝利の経歴を、十津川は頭の中で整理してみた。

昭和十八年十月に、福岡県三井《みい》郡大刀洗《たちあらい》村の大刀洗陸軍飛行学校に、陸軍少年飛行兵第十五期生として、坂西勝利は入学した。同期に安田太郎がいた。飛行隊長は丸山で、当初は戦闘機の訓練をしていたが、昭和二十年二月に戦局が危機的になると、特攻隊に編入された。そこで彼らは、特攻隊員の出発基地である知覧に移動した。昭和二十年六月二十五日、安田太郎の方は十七機編成の第八三振武隊として出撃し、沖縄周辺でアメリカ艦隊に特攻して死んだ。

おそらく本来は、第八三振武隊は十八機の編隊だったのだ。その中に、坂西勝利の特攻機も入っていたはずなのだ。それなのに、なぜか彼は出撃せず、第八三振武隊は、十七機の編隊で突入した。

「エンジントラブルか何かで、途中で引き返したんじゃありませんか」

と、亀井がいった。

「それならば、その後、飛行機を修理したり、あるいは新しい飛行機を与えられて、改めて特攻しているはずだよ。坂西勝利は、その名前も消え、特攻隊員としての履歴も消えてしまった。ただ単にエンジントラブルになったぐらいで、そんなおかしなことにはならないだろう」

と、十津川は答えた。

「最近、振武隊についての新しい本が出ましたね。振武隊は陸軍の特攻隊として有名ですが、出撃しながらエンジントラブルやその他の事故で突入できず、途中の島に不時着した機が複数あったそうです。不時着した島から知覧に戻ると、すでに特攻死していることになっているため、上層部が処置に困って、彼らを一ヶ所に監禁したといいます。突入したはずの時点で、軍神となっている男たちだから、名前が出たり、生きていることがわかったりすると、陸軍としては具合がわるい。それで外出も許されず、監禁同様にされていたという事件を書いた本です。結局、彼らは、そのために終戦を無事に迎えて、平和な時代を生きられたんですが、戦時中は臆病者《おくびょうもの》とか、死ぬのが怖かったんだろうとか、ありとあらゆる罵詈《ばり》雑言《ぞうごん》に晒《さら》されたといわれます。十七歳の坂西勝利にも、同じことが起きたんじゃないですかね？」

と、亀井がいった。十津川は頷《うなず》きながらも、

「しかし、君の言った、死ななかった特攻隊員のケースだとすると、いちおう特攻隊員としての名前は残っているはずだ。なんといっても、二階級特進になり、軍神とまで崇《あが》められたわけだからね。それなのに、坂西勝利は名前も残っていない。京都で見つかった陸軍飛行学校の名簿には、名前が残っているが、それはたぶん消し忘れたんだよ。陸軍の上層部は、坂西勝利の名前を消そうとしていたんだ。だから、知覧の特攻隊員の名簿の中には残っていない。写真もない。そう考えると、単なるエンジントラブルとか、その他の事故で、特攻に失敗して帰ってきたというだけのことではない。そう思わざるを得ないね」

と、いった。

亀井は昼間、坂西機械の周辺や、坂西勝利が自分の会社を立ち上げる前に働いてい

た工場の関係者をあたっていた。まだ若い頃の坂西勝利を知っている者も、かろうじて存命だった。ところが、亀井が「特攻」という言葉を持ち出すと、全員が一様に驚いていた。

「坂西さんが特攻隊員だったなんて、全く知りませんでした。お会いしても、そんなお話は一度もされませんでしたから――誰もかれも、そう言っていましたね」

と、亀井がいった。

陸軍が特攻隊から坂西勝利の名前を消したように、彼自身も、自分の経歴から、特攻隊員という過去を消してしまったのだ。

十津川は、考えた。陸軍の特攻隊の中から、坂西勝利の名前は消えている。しかし、彼が訓練を受けた大刀洗の陸軍飛行学校の名簿からは、完全には消えていなかった。

それは、消す時間がなかったのだろう。

なにしろ、坂西が大刀洗で訓練を受けた後、特攻隊に編入されたのは昭和二十年二月である。終戦直前の六月二十五日には、彼の仲間が、知覧から第八三振武隊の一員として沖縄に飛び、特攻死しているのだ。

日本が昭和二十年八月十五日に降伏した後、連合軍が入って来るまでの間に、軍や関係者は必死になって、書類や写真などを焼却している。知覧の特攻基地でも、都合の悪い書類などは、全《すべ》て焼却してしまったのだろうが、陸軍飛行学校の方では、その時間がなかったのではないのか。十津川は、そう考えた。

すると、まだどこかに消されていない坂西勝利の資料の一部が残っているかもしれない。それさえ見つかれば、九十歳を過ぎた坂西勝利が殺された理由もわかってくるのではないか。

3

福岡県警の藤田警部から電話が入った。

「最近、知覧から出撃した陸軍特攻隊、振武隊の裏話を書いたような本が、何冊か出ているのはご存じでしょう？」

と、藤田がいった。

「知っています。ただ、そこに書かれているような話では、坂西勝利のケースは説明がつかない。そのように考えています」

「そうかもしれません。でも、その中の一冊を書いたルポライターに、明日、東京の帝国ホテルで会うんですよ。十津川さんも一緒に話を聞きませんか？」

と、藤田に誘われた。もちろん、断る理由はなかった。

相手が、なるべく少人数で会いたいと言うので、十津川は、ひとりで約束の時間に帝国ホテルへ向かった。

知覧は、陸軍最大の特攻基地である。その知覧から、多くの特攻機が出撃していった。それぞれの隊に名前が付けられたが、振武隊の名は最も多く使われ、編成された飛行隊だった。坂西の戦友である安田太郎が属していたのも振武隊である。

しかし、全ての特攻が成功したとは、誰も思っていない。何しろ、終戦直前である。特攻に古い飛行機を使うことも多かったから、故障で出撃できなかった機もあるし、沖縄まで行く途中でトラブルが起き、途中の島に不時着して、一ヶ月近く経って戻って来た特攻兵もいたという。しかし、そうした特攻隊にとって不都合な話は、戦後になっても、なかなか語られたり書かれたりすることはなかった。最近になってやっと、不名誉とされた失敗例も、雑誌に載り、あるいは本として出版されるようになった。

日本軍は、失敗を徹底的に封じ込めて、外部に漏らさなかった。なぜなら、特攻自体が、「決死」ではなく「必死」だったからである。戻って来なければ、敵艦に突っ込んだものと判断し、「輝ける戦死」として、二階級特進を公言していた。それが、途中で失敗して戻って来たとなると、全軍の士気にも響く。

そこで九州のある場所に、特攻に失敗して生還した者たちのための寮を作り、表に出さずに閉じ込めた。その寮は、振武寮と呼ばれた。

最近出版された本の記述を思い返しながら、十津川が帝国ホテルに着くと、エントランスで藤田警部が待っていてくれた。ホテルのロビーに入り、そこで小太りの中年男に引き合わされた。『陸軍特攻の明と暗』というタイトルの本を出版した、金子《かねこ》というフリージャーナリストである。

フルネームは、金子太一郎《たいちろう》。四十五歳だという。互いに自己紹介しあった後で、金子がいきなり話し始めた。

「私は、特攻が間違っていたとも、正しかったとも考えていません。理由は、私が、その時代の人間ではないからです」

十津川は苦笑して、

「どうして、そんな前置きが必要なのですか？」

「ああいう本を出してから、会う度に聞かれるんですよ。あなたは、特攻に反対なんですか、それとも賛成なんですか、と。それに答えるのが面倒なので、最近は話をする前に、まず断ることにしているんです」

と、金子がいった。さらに続けて、

「少し前の話ですが、防衛副大臣が特攻肯定とも取れる発言をしたというので、ずいぶん問題になったでしょう。日本では、いまだに特攻について、その正否を語るのはタブーなんです」

「政治家の立場としては、そうなんでしょうね」

と、十津川は、あたりさわりのない受け答えをした。金子がどのような取材をしているのか、そこから聞いていくつもりだった。このジャーナリストから、事件の参考になる情報が得られるかどうか、それを聞けば想像がつくと思ったからだ。

「実は、私の親戚にも、特攻で死んだ人間がいるんですよ。それで、大学時代から、特攻については関心を持っていました。夏休みに、陸軍の知覧や、海軍の鹿屋《かのや》基地に行っていたんです。その時に、初めて特攻にも、失敗例があるんだとわかりました。ただ、当時は失敗に関する本は出ていなかった。たぶん特攻を語る時、意識して失敗例は考えないようにしていたんでしょうね。でも最近になって少しずつ失敗例が語られてきました。それで驚いたのは、意外に失敗が多いことなんですよ。『必死必中』という言葉を想定すると、なぜか失敗例なんか存在しないと思ってしまうんですよ。それは思い込みだとわかってきました」

「なぜ失敗例が多かったんでしょうか？」

藤田が、金子にきいた。

「いろいろと理由は考えられますね。第一は、パイロットの訓練不足。本来なら何百時間もの訓練が必要なのに、どうせ突っ込んで死ぬんだから、数時間の訓練でも構わない、と特攻に出撃させてしまう。九州から沖縄までは、数百キロありますからね。未熟なパイロットでは、その途中で事故を起こしてしまうかもしれないし、トラブルがあった時に対処しきれないでしょう」

この話は、丸山飛行隊長の手記とも符合すると、十津川は考えていた。

「第二は、機体の不良ですね。新しい機材が手に入らないから、故障が多くなります。本土決戦のために新鋭機を保存しておくという上層部の方針から、特攻に使う機体は古い機体、時には古い練習機に乗せて、出撃させています。当然、エンジンの不調とか機体の劣化とかで、離陸に失敗したり、途中で不時着する機が多くなっていったのです」

金子は、話しているうちに、熱っぽくなっていった。

「また、陸軍のパイロットは、海上飛行に慣れていません。知覧から種子島《たねがしま》、沖永良部島《おきのえらぶじま》と島沿いに飛行して、なるべく間違えずに沖縄に辿《たど》り着くルートになっていましたが、それでもどこかで間違えて、他の島に不時着する者も多かったようです。陸軍の上層部は、あまりにも失敗が多いことに狼狽《ろうばい》しました。なぜなら、特攻の中でも、航空特攻は、劣勢の戦局を起死回生に持っていける唯一《ゆいいつ》の戦術と考えていたからです。しかし、九州から沖縄までのルートは、制空権をアメリカに奪われていて、制海権もアメリカにありました。小さな島に不時着したパイロットは、簡単には知覧に戻れなかったのです」

十津川は話を聞きながら、戦争の過酷さに思いを寄せていた。金子が続ける。

「そのため、一ヶ月くらいかかって、ようやく知覧に戻ってくる者も多かったそうです。陸軍の上層部としては、すでにパイロットの戦死を、新聞やラジオで発表しています。軍神になって二階級特進したパイロットが生きていたとわかると、当然、陸軍としては取り扱いに困ってしまう。それで、生還したパイロットを一ヶ所に閉じ込めて、外部との連絡を遮断したんです。その隠蔽《いんぺい》工作がここに来て明らかになり、何冊かの本が出版されました。それまでは、特攻はあくまでも神聖な行為であり、パイロットたちには、出発する前から『君たちはすでに神である』といって、送り出していたのです。死なずに帰って来てもらっては困るのです。その上、司令や参謀たちは、事故や故障による不時着で戻って来たパイロットたちを、本当は死ぬのが怖くて帰って来たのではないかと疑ったのです。不時着に見せかけて、どこかの島に着陸し、うまく生還したのではないかとね。そして彼らに、卑怯者の烙印《らくいん》を押したのです」

金子は、こんな話をした後で、

「ところで、刑事さんたちは、私に何の御用ですか？」

と、改めてきいた。

「先日、西鉄の車内で殺人事件がありました。殺されたのは、九十一歳の坂西勝利という老人です」

「そのニュースなら知っていますよ。殺された方は、大変な西鉄ライオンズファンだったという話ですよね」

「確かに、西鉄ファンでした。それとは別に、この老人は、不思議な経歴の持ち主なんです。それで内密の捜査をしているんですが、実は、この坂西勝利は、昭和十八年十月に志願して、大刀洗の陸軍飛行学校へ入校しているのです。最初は戦闘機部隊に入り、戦闘機の訓練をしていたのですが、戦局が悪化した昭和二十年二月に特攻に編入されて、大刀洗から知覧に移動しています。ここまで来れば、特攻隊員として出撃したと思われるのですが、知覧の特攻平和会館へ行って調べてみると、坂西勝利の名前は、どこにも見つからないのですよ。彼と同じ十五期生の戦友、安田太郎は、特攻平和会館に名前が残っているし、昭和二十年六月二十五日に第八三振武隊として出撃して、沖縄方面の海上でアメリカの艦隊に突入していることがわかっています。それなのに、なぜか坂西勝利の名前は見つからないのですよ」

と、藤田警部が説明した。それに続けて、十津川が、

「この安田太郎という特攻死をした十七歳のパイロットですが、彼と坂西勝利は、同期生で仲の良い戦友だったことまでは、わかっているんですよ。藤田警部が説明した通り、安田太郎は、昭和二十年六月二十五日に第八三振武隊の一員として出撃し、亡くなっています。この時の振武隊の構成は、十七機の隼三型です。その翼に、二百五十キロの爆弾を吊《つ》り下げて出撃しているのです。それなのに、なぜ坂西勝利は参加していないのか、坂西勝利の名前が、どうしてどこにもないのか、それがどうにもわからないのですよ」

と、いった。金子は首をかしげた。

「第八三振武隊なら、調べたから知っていますよ。昭和二十年六月二十五日出撃。沖縄戦は、その頃すでに、決着がついていました。六月二十三日に、沖縄戦は戦闘が終了し、大本営は沖縄を放棄したんです。ですから、六月二十五日の特攻は、沖縄を占領したアメリカの大機動部隊が、次に九州を狙《ねら》うと考えての先制だったと言えます。問題は、十七機の編隊で攻撃したといわれていることです。当時の一編成は、三機で

す。従って全体が三の倍数でなければ、おかしいんです。三×六の十八機でなければいけないのに、なぜか十七機で、一機足りないのです」

「その足りない一機が、同じ第八三振武隊にいた坂西勝利機だったのではないかと、われわれは考えているのです。たとえば、出撃寸前に搭乗機が事故で離陸できなかった。それで十八機ではなく、十七機で出撃したのではないかと考えたのですが、そういうケースもあり得るのでしょうか？」

十津川がきいた。

「もちろん、ありますよ。今も申し上げたように、新鋭機は使えませんからね。古い飛行機を使うので、故障が多く、出撃寸前になって、エンジントラブルか何かで出撃出来なくなった。そういう可能性も、大いにあると思います」

と、金子はいったが、

「しかし、坂西勝利さんという十七歳の特攻隊員は、いくら調べても、知覧の特攻平和会館に名前がなかったというんでしょう？　それが、不思議でならないのですよ」

と、付け加えた。

「特攻隊に編入されたはずの、十七歳の坂西勝利の名前が、なぜどこにも載っていないのか。どういう理由が考えられますか？」

藤田が、金子にきいた。

「一般にエンジン故障が一番多いんですが、機体のどこかにトラブルが起きれば、出撃できなくなります。残りの十七機で出撃したという状況は、普通に考えられますね」

「その場合、坂西勝利だけが基地に残ってしまうわけですが、その後、坂西は、どうなりますか？」

今度は十津川がきいた。

「別に、どうもなりませんよ。機体が整備されるか、あるいは新しい飛行機が与えられれば、次の特攻で出撃するだけです」

「つまり、機体の故障で出撃できなかっただけなら、名前を消されることはありませんよね？」

十津川が念を押した。金子は微笑して、

「もちろん、そんなことはありません。当時の陸軍としては、一人でも多くの特攻隊員が必要でしたから」

「六月二十五日に、一度だけ出撃できなかったからといって、名前を消されるということは、全くありませんか？」

「今も言ったように、まず考えられませんね。ましてや、出撃したのに失敗して、どこかの島に不時着し、一ヶ月経ってから知覧に帰ってきたとしたら、とっくに軍神として名前が刻み込まれています。身体は拘束できても、名前は消せないでしょ」

「たとえば、坂西勝利が突然、特攻に出撃するのを拒否した場合は、どうなるんでしょうか？」

と、十津川がきいた。

「坂西勝利は当時十七歳で、陸軍少年飛行兵あがりだったわけでしょう？」

「そうです。大刀洗の飛行学校で、訓練を受け、特攻隊員として出撃するはずでした」

「それならば、出撃拒否を起こしたとは考えられませんよ」

金子がいった。

「なぜ、そう考えられるんですか？」

「例の振武隊事件について調べてわかったんですが、参謀は、こう考えていたそうです。当時、大学の学生たちに、授業中止、強制入隊の命令が出されました。そうして入隊した者の中には、のちに特攻隊員になった者もいたわけです。帝大や慶應《けいおう》、早稲田《わせだ》の学生たちが、学徒出陣で特別操縦見習士官制度に合格する、いわゆる『特操』出身の特攻隊員もいました。その学徒兵出身に対して、当時の参謀たちの中には、偏見を持つ者が多かったと言われています。特操出身のパイロットは、理屈ばかり言って、戦争にも特攻にも疑問を持っている。だから出撃しても、機体の故障を理由にして体当たりをやめて、時間を置いてから、基地に戻って来ているのではないか。そう疑っていたようです。それに比べて、少年飛行兵あがりの十代の特攻隊員は、特攻に対して、全く疑問を持っていない。純粋に国のため、天皇のために特攻する気持ちを持ち続けているから、特攻に疑問を抱き、逃げるようなことはなかったと言われているんです。ですから、坂西勝利が十七歳で、少年飛行兵あがりならば、まず問題を起こすことはないと思われるのです」

と、金子がいった。

「なるほど。陸軍少年飛行兵あがりの十七歳の坂西勝利が特攻隊に選ばれたら、その特攻に疑問を持ち、自ら逃げ出すことは、まず考えられませんか」

十津川が、念を押した。

「今も言ったような理由で、ちょっと考えられませんね」

と、金子が答える。

「少し、問題を整理してみたいと思うのですが」

藤田がいった。続けて、

「坂西勝利は、六月二十五日に出撃した第八三振武隊、十八人の一人に選ばれていたと考えられます。ところが、出撃寸前に機体の故障で飛べなくなった。残りの十七人が第八三振武隊として出撃し、全員が亡くなった。ここまでは、まず間違いないと思いますね。ここからは仮説になります。坂西勝利は、機体の故障かなにかで、基地に取り残されてしまった。このあとは、彼の隼を整備するか、あるいは別の機体が用意されるかして、次の特攻に出撃する。これが普通の行動になるわけですね？」

もう一度、藤田が念を押す。

「その通りです。何回も機体の故障で不時着して、二回、三回と、別の機体を与えられて出撃し、ついに三回目か四回目の出撃で、アメリカの艦船に体当たりして死んだ特攻隊員の例も知っています」

と、金子がいった。

「何回も念を押して、申し訳ありませんが、肝心な点なのでお許し下さい。機体の修理を待って、あるいは別の機体を与えられて、次の特攻に参加して出撃するのが普通ですよね」

「その通りです」

「しかし、坂西勝利はそうしなかった。そうなっていれば、特攻隊員として名前が刻まれたはずなのに、それどころか、名前を消されてしまったんです。どういう場合が考えられますか」

十津川がきく。これも繰り返しだった。何度も繰り返すことで、どこかに解決の糸口が見えるかもしれない。それが十津川の狙いだった。

「そうですね。卑怯な行動があったか、反抗的なまねをしたか、そんなことしか考えられませんね。しかし、それなら軍法会議に送られるか、例の振武寮に収容されてしまったでしょうね。振武寮に収容されて、外部との接触を禁止されるということになります」

と、金子がいった。

「しかし、単なる機体の故障での出遅れや、不時着からの生還なら、特攻隊員の中から、名前を消されたりすることはありませんね？」

と、藤田がきく。また繰り返しだった。

「もちろん、そんなことはありませんよ。怖気《おじけ》づいたのではないかと、参謀に皮肉を言われるかもしれませんが、振武寮に収監されるか、次の特攻で死んでいたでしょうね。いずれにしても、名前を消されるということはあり得ません」

と、金子が明言した。この議論も繰り返しだった。先に進まないのである。

「唯一の肉親である娘さんにも、自分が特攻隊員だったことを、坂西勝利さんは話さなかったんですね？」

今度は金子の方から、念を押してきた。

「その通りです。それで困っているんです。なぜか坂西勝利は、特攻についても、知覧についても、娘さんに何も話さずに死んでしまったのです。ただ、坂西勝利は、鹿児島に着いたら全て話すと、娘さんにいっていたらしいのです。いったい何を話そうとしていたのか、どうして鹿児島に行って、そこで話そうと考えたのか。それを知りたいと思っているのですが」

十津川は、これで何度目かわからない疑問を、再び口にしていた。

第四章　女学生の周辺

1

十津川は、金子を見た。

「金子さんの本を読むと、知覧から出撃した特攻隊員の中に、何人か突入に失敗した者がいましたね。彼らは、司令官や参謀によって、一般市民から隔離、監禁されたといいます。機体の不具合で出撃できなかった、あるいは、エンジントラブルで途中の島に不時着してしまい、その後、島の漁師の漁船で知覧に戻ることもあったと、さまざまなケースを教えていただきました。そのほかに、もっと変わったケースがありませんでしたか？」

「その前に、特攻の失敗者に対する、上からのいじめの凄《すさ》まじさについて、お話ししましょう。司令官や参謀たち——特に一部の参謀のいじめが苛烈《かれつ》だったようです。その参謀たちは、失敗して戻ってきた特攻隊員を、『いざとなって急に命が惜しくなった』と頭から決めつけました。命惜しさに乗っている飛行機を不時着させたり、故障に見せかけて引き返したに違いない、とね。パイロットたちは疲労困憊《こんぱい》で基地に帰り着いています。それをいきなり殴りつけ、『卑怯者《ひきょうもの》！』と罵《ののし》り、『そんなに死ぬのが怖いのか』と怒鳴りつけたりしているんです。そのあと、軍人勅諭を何度も暗誦《あんしょう》させるなど、疲れきったパイロットをいたわることもなく、いじめ続けました。実戦経験のない、頭でっかちで命令するだけの参謀に過ぎないのに」

「生還したパイロットたちは、実際には、どうだったんですか？」

「私が調べた限り、死ぬのが怖くて逃げ帰ったパイロットは皆無でした」

「実際にエンジントラブルなどで、不時着せざるを得なかったんですね？」

「そうです。とにかく戦争末期になると、整備不良による飛行機の故障が頻発していましたからね。それにガソリン不足からくる訓練不足が重なって、時には、予定の半分も出撃できなかったこともありました」

「故障などで不時着し、苦労して基地に戻ってきたパイロットは、どうするんですか？」

「戦友が突撃しているのに、自分が不時着したのちに基地に戻ってくると、たいてい『新しい飛行機を下さい。それに乗って特攻に行きます』と言いますね」

「それを見て、司令や参謀は、どうするんですか？」

「特攻成功と見なされた者が帰ってきてしまった場合ですね。再度出撃させることもありましたが、ほとんどの場合、新しい飛行機を与えることはしませんね」

「どうしてです？　なぜ行かせてやらないんですか？」

「参謀は、そのパイロットは死ぬのが怖くて故障に見せかけて不時着し、のこのこ戻ってきたと思っています。新しい機体を渡しても、同じことの繰り返しになると考えたのです。だから渡さなかった」

「そのパイロットは、どうなるんですか？」

「間もなく本土決戦が控えています。その際には、パイロットに飛行機を与えず、鉄砲を持たせて、上陸してくるアメリカ軍と戦わせようと計画していたようです」

「失敗して基地に戻り、参謀に殴られ、監禁されてしまったパイロットは、実際には、その後どうなったんですか？」

と、十津川は、坂西勝利のことを考えながら、きいてみた。

「戦争が続いていたら、まず死んでいたと思いますが、終戦になってしまいましたからね。全員が帰郷したはずです。結果的には、特攻から引き返したので、死なずに済んでいるんです」

「彼らのその後の記録は、どこにあるんですか？」

「兵士は、いちおう除隊させて、家庭に帰したわけです。その手続きは、兵士が内地にいた場合でも、復員局で行いました。陸軍が第一復員局、海軍が第二復員局です」

「そうだ。復員局がありましたね」

と、藤田が金子を見て、

「坂西勝利が終戦時、軍隊にいたのなら、復員局の資料に、名前が残っているはずですね」

「そう思います」

と、金子が肯《うなず》く。

「陸軍は、第一復員局でしたね。そこを調べてみましょう」

藤田が十津川にいう。十津川は肯いてから、金子に向かって、

「出来ればもう一度、昭和二十年六月時点で、坂西勝利が特攻隊員として第八三振武隊に所属していたかどうか、金子さんもお調べいただけませんか？」

と頼んだ。金子は笑顔になって、

「私も、お二人の話には興味がありますから、知覧の基地と、第八三振武隊について調べてみますよ。ちょうど九州に行く用事があるんです。何かわかったら、お知らせします」

金子は、十津川と藤田の二人に約束した。

2

福岡県警の藤田警部は、福岡に戻らず、翌日、十津川と厚生労働省に向かった。復員局の資料は、厚生労働省に保存されていた。担当の職員と一緒に、その資料を調べてみた。

陸軍兵士の復員に尽力した、第一復員局の資料の中には、知覧にいた特攻隊員の名前があった。終戦時生存していた特攻隊員、五十名近くの名前だ。それぞれ復員先も記載されている。

しかし、ここにも坂西勝利の名前は見つからなかった。終戦時、彼は復員していない。つまり、八月十五日に彼は陸軍特攻隊員ではなかったことになる。とすれば、彼は、どこにいたのだろうか。そこまで見届けて、藤田は福岡に戻っていった。

一方、二人の刑事に約束した金子は、その足で、鹿児島県知覧に向かっていた。

その金子太一郎からは、日記風のメールが一日おきに送られてきた。十津川が、福岡県警の藤田に連絡すると、彼のほうにも同様に届いているという。

「しっかり、我々との約束を守ってくれていますね」

十津川がいうと、藤田は、

「これはたぶん、彼自身のために書いているんだと思いますよ。うまくいけば、名前が消された十七歳の特攻隊員の謎《なぞ》を解いて、新しい本を出版することだって、可能ですからね」

と、穿《うが》った見方を披露した。

それにしても、金子の行動は、いかにもやり手のジャーナリストらしかった。

「今日も、知覧に行ってきました。お二人の希望されている答えが見つかるかどうかはわかりませんが、私が考えてみても、問題の根は、やはり知覧にあると思います。

知覧からは、実に四百三十九人の若者が特攻に飛び立ち、死んでいます。その中に安田太郎の名前は間違いなくあります。知覧基地からは、昭和二十年四月六日から昭和二十年七月十九日まで、次々に特攻隊が出撃しています。特攻隊にはそれぞれ名前が付いています。たとえば『誠』『振武』『独立』『義烈』『飛行』などがあって、それぞれに『第○○隊』が付くわけです。

やはり、一番多いのは『振武』です。各隊が出撃していく場面が撮られている写真に、第八三振武隊が写っていないかどうか、今までも懸命に探していたんですが、なぜかこの第八三振武隊の写真は、なかなか見つかりませんでした。今回、やっとその写真が手に入りました。

その写真は、知覧の基地で、個人的に撮られたものでした。撮影者は、第八三振武隊に親戚《しんせき》がいたのか、個人的に記録を残したいと考えたようです。隠れて撮ったようで、戦争中は発表できなかった。戦後も発表しないまま残っていたのを、ようやく見つけました。

写真には、特攻隊員の世話をしていた知覧高等女学校の女生徒たちに見送られ、次々に出発していく第八三振武隊の飛行機が写されていました。ワンカットずつ数えると、全部で十七機でした。ですから、出発後に一機欠けて十七機になったのではなく、出発時点ですでに十七機だったのがわかります。

第八三振武隊に出撃命令が出たのは、出撃前日でした。その出撃命令が出た時点で十七機だったのか、前日は十八機だったのか、そこはまだわかっていません。前日の時点では十八機だったとすると、その中に、坂西勝利さんの名前があったのかもしれません。

出撃前日時点での第八三振武隊の名簿に、本当は坂西勝利さんの名前があったとすれば、翌六月二十五日の出撃までの間に、消されてしまったことになります。それを今、調べています。

なお、第八三振武隊には、十七歳のパイロットが、四名参加しています。いずれも陸軍少年飛行兵第十五期生で、もちろん、その中の一人が安田太郎です。

第八三振武隊の出撃を撮った撮影者本人は亡《な》くなっていますが、子孫が九州にいるので、そこを訪ねてみる予定です。何かわかりましたら、またすぐご連絡します」

金子はこのメールの中で、しばらく九州で調査を続けると書いてきたのに、なぜか数日後には東京に戻ってきて、十津川を訪ねてきた。

「この間のメールに書いた、知覧高等女学校の三年生は、当時十四歳か十五歳でした。学校から数人が選ばれ、特攻隊員の世話をするように指示されていました。つまり、兵舎の清掃や洗濯とか、話し相手を務めるわけです。そして最後には、出撃していく特攻隊員たちを見送る。そういう役目でした。この話はご存じですか？」

「本で読みましたが、詳しくは知りません」

「彼女たちのことを忘れていたんです。彼女たちは、基地にいても特攻に行くわけじゃないから、戦後結婚したり、子供を産んだりしているはずです。彼女たちを見つけ出して、話を聞けば、ひょっとすると坂西勝利さんに何があったか、知っているかもしれません」

確かに、有望な手がかりかもしれないと、十津川は考えた。

「具体的に、彼女たちの消息はわかりますか？」

「その女学校の後身の学校が現存していました。そこに戦前の記録が残っていたので、特攻隊員の世話をした生徒の名前は手に入りました。ただ、彼女たちが今どこにいて、何をしているのかまでは、わかりません。該当する生徒は、全部で六名。その内の四名は、同窓会名簿に残っている住所が、鹿児島などの九州だったので、福岡県警の藤田警部に調査を依頼しました。あとの二人は、戦後、東京に出てきたようです。それで私も、一度戻ってきたのです。十津川さんにも手伝ってもらいたいんですよ」

「二人の詳しい住所は、わかっているんですか？」

「同窓会名簿に残っている住所も、何十年も前のものです。それが東京周辺なのですが、その後たぶん結婚もして、子供が産まれ、生きていても九十歳くらいでしょう。もちろん亡くなっているかもしれません。私一人ではとても追い切れないので、十津川さんにもお願いしたいのです」

と、金子がいうのである。

そして、特攻隊員の世話をしている頃の、女学生たちの写真を見せてくれた。いずれも若いのだが、笑顔ではなかった。笑うことが許されない時代だったのである。

地元の知覧周辺や、そうでなくても九州に住んでいれば、親戚や知人などとの関係も続いているだろうから、四人という人数でも、捜し出すのはそれほど難しくないかもしれない。その点、東京に出てきた二人については、その後、結婚や転居をしていても、手続きさえ、きちんとしていてくれれば、その道筋を追って見つけ出すのは難しくない。だが、届け出をしていなければ、行き先が分からなくなっている恐れがあった。何といっても、戦後の混乱の時代である。二人であっても追跡は難しいかもしれないと、十津川は覚悟して、部下の刑事を、この調査に使うことにした。

女学校にいた二人の名前は、中村千枝子《なかむらちえこ》と、井上浩子《いのうえひろこ》であった。結婚していれば、名字が変わっている可能性もあった。

まず、金子が持ってきた東京の住所から、あたってみることにする。

十津川と金子は、亀井刑事を連れて、三人で中村千枝子の方を追った。他の刑事たちには、もう一人の井上浩子を当たってもらう。

聞き込みの合間の会話は、自然と特攻の話になった。特攻隊員の中には、二十五、六歳で妻帯している者もいた。そうした隊員の妻子は、知覧まで面会に来ることを許されていたから、女学校の生徒は、身の回りの世話に、あまり必要ではなかったかもしれない。

金子が、ある時、いった。

「問題は、独身の若い特攻隊員たちですよ。男女交際について、やたらに厳しい戦争中です。十代の若い女性たちに対して、時には妹のように感じ、ある時は初恋のような思慕を抱いていたと思われるのです。青春の最後の四、五日に、女生徒との限定的な精神的な付き合いをしたからこそ、双方にとって忘れられない思い出になり、それによって、特攻隊員は死に向かうことができたのではないかと思うのです」

「十四、五歳の女生徒の方は、どんな思いで戦後を生き抜いてきたのでしょうか？」

十津川がきいた。

「それは詳しくはわかりません。もしかしたら、坂西勝利さんを担当した女学生に会えるかもしれません。ご存命なら、なぜ坂西さんの名前が名簿から消えているのか、回答が得られるかもしれません」

と、金子がいった。しかし、東京に転居した二人の追跡は、簡単ではなかった。

中村千枝子は、昭和二十五年に起きた朝鮮戦争よりも以前に、一人で上京していた。日本は朝鮮戦争の特需で立ち直るのだが、それ以前はかなりの不景気で、働き口も地元にはほとんどなかった。それで働き口を求めて、上京したに違いない。上京した当時は、北区上十条《かみじゅうじょう》近くに住んでいたことがわかっている。今でも中小企業が集まる地域で、その小さな食堂で働いていたという。その食堂はすでになくなっているが、周辺で聞き込みをすると、若い女性たちが住み込みで働いていたことがわかってきた。

働いていたのは、ほとんどが十代の少女だったようだ。そこに中村千枝子もいたのだ。その後、彼女は調布《ちょうふ》市に移り、工場で働いたという。そこまではわかったが、その後で躓《つまず》いた。昭和二十六年に工場が潰《つぶ》れ、彼女も転職をしたに違いないのだが、住所が調布市のままなのだ。そうした例はいくらでもあるので、彼女がわざと住所を移さなかったとは思えなかった。たぶん調布の工場が潰れて、急にどこかの会社へ移ったのだろう。その忙しさにかまけて、住所の異動ができなかったに違いない。今のように、就職の際に住民票が必須《ひっす》だという時代ではなかったのだ。

十津川たちは壁にぶつかってしまったが、福岡の藤田警部は、九州で捜査を続けていた。予想した通り、知覧周辺に留まった女生徒たちの消息は、容易に知れた。半分は亡くなり、半分が健在だった。しかし、若い特攻隊員たちの中に、坂西勝利がいたかどうかは憶《おぼ》えていないという。

東京に引っ越した二人への期待が大きくなっていった。しかし、もしもこの二人が坂西勝利のことを知らなかったら、捜査は暗礁に乗り上げるだろう。

井上浩子は、中村千枝子とは別の時期に上京していたが、若い刑事たちが調べていくと、三十代で死亡していたことがわかった。独身のままで死んでしまったので、話を聞ける家族もいない。九州の実家も、すでに途絶えていた。

中村千枝子に最後の望みが託された。

彼女の消息は、調布市で途切れてしまったが、調布警察署に協力を頼み、昔の工場周辺で地道に聞き込みを続けた。その甲斐《かい》あって、昭和二十七年頃から、新宿の居酒屋で働き始めていたらしいとわかってきた。地元の老人が、器量のよかった中村千枝子のことを記憶していたのだ。

当時、安く酒を飲ませる居酒屋が林立していた時代だった。少しずつ、日本の景気が回復していたのだ。

そこまでわかると、追跡がしやすくなっていった。彼女が勤めていた居酒屋も、また潰れていたが、主人と女将《おかみ》は別の町で健在で、中村千枝子のことも憶えていた。常連客の一人と結婚したという。

「相手はサラリーマンですよ。結婚後、一度うちに遊びにきたときに、子供ができたと言って喜んでいました」

百歳近い居酒屋の主人が、そう教えてくれた。子供がいたという事実に、十津川たちは一安心した。もし中村千枝子本人が死んでいても、その家族がいるなら、話が聞けると思ったのである。なお、姓は結婚して、大竹《おおたけ》に変わっていた。大竹千枝子である。戸籍上の記録は、調布で途切れているが、おそらく結婚に際して、戸籍を作り直したのだろう。空襲による火災で、戸籍を失った人も多かった時代である。記録の断絶は珍しくなかったのだ。

結婚した後、当時の市営住宅の抽選に当たり、そこに入居したこともわかった。こうなると、あとは楽である。記録がつながっていて、関係者がどんどん多くなっていくからである。

そして数日後、十津川たちは、ついに大竹千枝子を見つけ出すことに成功した。彼女は肺結核で、都内の病院に入院していた。

3

面会を求めると、大竹千枝子は、すぐに会ってくれた。しかし、坂西勝利という名前を聞いたことはない、と言われてしまった。少しばかり落胆したが、十津川は諦《あきら》めなかった。会話の端に、彼女が「坂西さんは、あの日……」と呟《つぶや》いたのを聞き逃さなかったのだ。本当に知らないのなら、記憶を振り返る中で、坂西の名前が出てくるはずがないのだ。

「本当は、坂西さんをご存じですね？」

と強くきくと、ベッドに横たわったままの大竹千枝子が、黙って肯いた。

「でも、話せません」

そういったきり、千枝子は口を噤《つぐ》んでしまった。その言い方が、十津川には奇妙に聞こえた。特攻隊のことは悲しい記憶なので、話したくないという人はいる。彼女は、そうではなかった。もっと個人的な理由で、話したくないと言ったように見えた。

「実は、坂西勝利さんは亡くなりました」

と、十津川がいった。入院していれば、事件のニュースに接することもなかったかもしれない。

「自殺したんですか？」

千枝子がいう。その言い方もまた、不思議だった。

「自殺って、なぜそう思われるんですか？」

十津川が、そう聞き返すと、千枝子は、

「自殺じゃないんですか？」

という。

「実は坂西さんは、鹿児島に行く途中の列車内で殺されたんです。それで、われわれ警察が調べているんですが、彼が戦争中、昭和二十年に特攻隊員として、知覧にいたことがわかりました。当時、知覧には、彼と同じ飛行兵で特攻隊員になった若者が、何人もいましたね。ところが、坂西さんも第八三振武隊にいたはずなのですが、なぜか名簿から名前が消えています」

「どうして、そんなことを調べているんですか？　坂西さんは死んだんでしょう？　それなら構わないじゃありませんか。そっとしておいてあげましょうよ」

と、千枝子が強い口調で言った。

その時、急に彼女が苦しみ始めた。肺結核の彼女は、時々呼吸困難になって苦しむことがあるのだという。医者がすぐにやってきて、鎮痛剤と鎮静剤を注射した。しばらくは眠るというので、十津川たちは、入院以来ずっと彼女の担当をしている師長に、話を聞くことにした。

しかし、師長も、

「大竹さんは、知覧にいたときの話は時々されますけど、坂西勝利さんという方の名前は聞いたことがありません」

という。

「知覧で特攻隊員の世話をしたこと、その時、女学生で十四歳だったといった話はするんですね？」

「ええ。時々なさいますよ。悲しそうな顔をされて……」

「彼女にとって、特攻隊員と過ごした時間は、悲しい思い出だったんでしょうね」

「こんな言い方をされた時もあります。若くして死ぬのは悲しいことだけど、当時としては立派なことでもあった。でも死ぬ以上に悲しいこともあるんです——。どういう意味ですか、とききましたが、それ以上は教えてくれませんでした」

と、師長がいった。それこそ、坂西勝利のことではないのか、と十津川たちは色めき立ったが、なかなか千枝子は眠りから覚めない。医者に言わせると、彼女の病状はこうしたことの繰り返しなのだそうだ。

「当人も高齢で死を覚悟していますから、なるべく苦しまなければいい。そう思っているんですけどね」

それから一時間以上経《た》って、千枝子が目を覚ました。しかし、先ほどと変わらず、坂西の話をしたくはないという。十津川はなお、食い下がった。

「先ほど言ったように、彼は殺されました。その理由が知覧にあるのは間違いないんです。われわれは犯人を見つけ出したい。話してもらえませんか。坂西さんもそう望んでいると思います」

十津川は、あえて断定するようにいった。それでもまだ、しばらく沈黙の時間があった。そして、思い切ったように、千枝子が、

「あのとき、私は坂西さんの担当をしていたんです」

と、告白してくれた。その後は、よどみなく千枝子は語り出した。その記憶の確かさ、鮮明さに、十津川は驚いた。

戦後七十年以上が経っている。七十年以上前の記憶を、千枝子はゆっくりと、しかし、はっきりと話す。

「私たち六人は、知覧基地に呼ばれて、特攻隊員の人たちの世話を任されました。私

が担当したのは、坂西勝利という十七歳の隊員で、陸軍少年飛行兵の第十五期という話でした。他にも同期の人がいて、仲良くしていたのを憶えています」

と、千枝子が、ゆっくりという。

「坂西勝利の名前や年齢に、間違いはありませんね？」

大事なことなので、十津川は念を押す。

「ええ。間違いありません」

「そうすると、坂西勝利さんは、第八三振武隊の一員として、特攻出撃することが決まっていたんですね？」

「ええ。決まっていました。皆さん、嬉《うれ》しそうに笑っていました。それが本当は悲しいのですけど」

と、彼女はいう。

「それなのに、なぜ彼の名前は、名簿から消えているのですか？」

「この件は絶対に口外するなと、司令に口止めされました。絶対に、です」

「しかし、もう戦争は終わっています。それに、その時の出来事があって、坂西さんは殺されたのかもしれません。話して下さい」

十津川が頭を下げると、千枝子は、

「特攻出撃の日、坂西さんが搭乗する隼三型のエンジンに故障が見つかって、出撃が出来なくなってしまったんです」

と、話してくれた。

「でも、それだけなら、エンジンを修理するなり、別の飛行機を使うなりして、次の出撃に加われればいいはずです。なぜ彼の名前だけが、抹消されてしまったんですか？」

「私が出撃のお見送りに行くと、基地は大騒ぎになっていました。坂西さんの飛行機のエンジンを調べてみたら、小さな石が何個も入っていて、それで故障したことがわかったんです。司令や参謀の人たちは、坂西さんが命を惜しんで、夜中にエンジンへ石を詰めて壊したんだと決めつけました。他の十七機は予定通りに出撃しましたが、取り残された坂西さんは『卑怯者』『国賊』と罵られて、上官から滅茶苦茶《めちゃくちゃ》に殴られていました」

「それでどうなったんですか？」

「坂西さんは監禁されてしまいました。なんでも敵前逃亡は、一番ひどいと死刑になるという規則が陸軍刑法にあるんですってね。だから、坂西さんは死刑になるんじゃないかとの噂《うわさ》が立っていました。私は、ただおろおろしていましたけど、坂西さんは、そんな卑怯な人ではないと思っていました。そうするうちに、坂西さんは首を吊《つ》って、自殺を図ったんです」

「抗議の自殺ですか？」

「たぶん、そうだと思います。上層部としては、そんな死に方をされると問題が大きくなるし、どうしても表沙汰《おもてざた》になってしまう。それで基地司令がすぐに医者を呼んで助けた後、彼の両親を呼んだんです。こうした不名誉な話は絶対に口外するな、特攻隊員だったことも、絶対に喋《しゃべ》ってはならないと口止めをして、坂西さんを引き取らせました」

一気に話すと、千枝子は荒くなった呼吸を整えた。さらに続ける。

「坂西さんが引き取られると、今度は基地にいた全員に、箝口令《かんこうれい》を敷きました。だから私は、知覧にいたことは話しても、坂西勝利さんの話だけはできなかったのです。平和な時代になっても、彼にとって不名誉な話ですから。それ以降は、彼のことは知りません。でも、彼や彼の家族が生きているかもしれない以上は、私は何も話すことができなかったのです」

十津川は、千枝子に深く感謝を示し、病室を後にした。すぐに携帯を取りだし、坂西の娘、弓子に電話をかける。

「亡くなったお父さんですが、喉《のど》に古い傷跡がありませんでしたか？」

「確かにありました。それが首を吊った痕《あと》のように見えたので、父に聞いたことがあるんですよ。そうしたら、『工場が借金だらけになって、どうしても返せないと思いつめて、首を吊ろうとしたことがあった。最後の瞬間に助けてくれたのが、西鉄ライオンズの日本一だった』と、そう言っていたことがありますね」

と、弓子が教えてくれた。千枝子の話は本当だったのだ。司法解剖でも、首の傷跡はわかっていたはずだが、あまりに古い傷なので、注目されなかったのだろう。

戦争中、特攻を命令されながら、死ぬのが怖くなって、自分の飛行機に小石を詰めてエンジン故障を起こさせ、自分だけ助かろうとした。そして挙げ句の果てに、叱責《しっせき》されると自殺を図った。そうだとすれば、これ以上不名誉な話は聞いたことがない。

知覧基地の中でも、この話は箝口令が敷かれていたし、両親の元に返された本人にしても、誰にも話すことはできなかったのだろう。両親だって、息子のことで後ろ指を指されることははっきりしているから、黙っていたのだろう。

戦後になって、作戦としての特攻は大きな批判を浴びたが、特攻で亡くなった若者は、その批判の対象にはならなかった。批判も賛美も難しい。その陰で、坂西勝利の存在は消えた。

4

十津川は特攻について改めて調べ、考えることにした。

坂西勝利がなぜ、九十一歳になってから殺されたのか。その原因は昭和二十年、彼が十七歳の時、特攻隊員だったことにあるとみて間違いない、と十津川は思っている。

ただ、十津川が引っかかったのは、坂西が沖縄攻撃への特攻隊員に選ばれていたのにもかかわらず、命を惜しんでエンジンを自ら故障させたという話だった。

戦争中である。そんな卑怯な真似《まね》が許されるはずはない。だから、坂西は特攻隊員から外され、追放された。今の平和な時代から見れば、死ぬのが嫌で、飛行機を自分で破壊するというのも、ありそうな話に思える。

だが、この話は、戦争の真っ只中《ただなか》、しかも愛国心の強い十七歳の少年が起こしていた。出撃直前に、そんなまねを本当にするのだろうか？

それを知りたくて、十津川は、特攻について調べ直すことにしたのである。十津川は本気だった。

特攻について書かれた本を国立国会図書館で調べ、また防衛省に置かれた防衛研究所にも通って、太平洋戦争の資料を克明に読ませてもらうこともした。十津川が調べようとしているのは、航空機を使った、いわゆる「航空特攻」である。

太平洋戦争中、日本軍が考えた特攻の種類は、多岐にわたっている。まず、「水中特攻」である。主に、改造した大型魚雷に人間が乗り込み、敵艦に攻撃する「回天《かいてん》」を用いた。回天の他に、「海龍《かいりゅう》」「伏龍《ふくりゅう》」があったが、実戦では使われなかった。伏龍は、潜水服を着て海中に潜り、竹竿《たけざお》の先に付けた爆薬を、アメリカの船にぶつけて爆発させるという、勝算のほとんどない戦術だった。最も無謀な特攻といえるだろう。

他に「水上特攻」があった。

小さな板張りのボートに爆薬を積んで、敵の艦船に体当たりするのである。これも実際に成功したという話は残っていない。この水上特攻の最も代表的な例が、巨大戦艦大和《やまと》の特攻であるといえる。

世界一の巨大戦艦を、特攻に使ったのである。もちろん、世界一の巨大戦艦だから、動かすのには何千人もの乗員が必要だ。大和の特攻である以上、乗組員も特攻しなければならない。かくして、世界一の特攻戦艦は出撃したが、アメリカは全《すべ》て察知していた。沖縄に着く前にアメリカ機動部隊に発見され、群がるアメリカ機に撃沈された。生存者は、沈没する大和から海中へ飛び込み、周囲の駆逐艦に救助されて生き延びることができた。

「航空特攻」はあまりにも有名だ。昭和十九年十月、大西瀧治郎《おおにしたきじろう》第一航空艦隊司令長官が、連合艦隊のレイテ決戦を助けるために計画したものだった。一時的に敵空母を動けなくするか、航空機の発着ができなくなるように、甲板に穴を空けるのが目的だった。これは海軍の零戦《ゼロせん》を使った特攻で、「神風特別攻撃隊」と呼ばれた。その指揮を執ったのは、関行男《せきゆきお》大尉《たいい》である。

この時の特攻がうまくいったので、その後も次々に特攻は続けられ、若い命が散っていった。

そして陸軍の航空隊も、海軍に負けじと、特攻を始める。

最初の頃は、海軍陸軍の上層部ともに、この特攻は若者たちの純粋な志願に因《よ》るものであると賛美した。新聞もまた、彼らを称賛して応援した。事実、当時の新聞一面は、出撃する特攻隊員の写真で埋まっていた。

戦後になってからだが、当時の新聞記者やカメラマンが、自分たちも「特攻」を煽《あお》り立ててしまったと反省の弁を述べている。初期の航空特攻は、華やかでどこか健気《けなげ》で純粋で、ひたすら勇ましいものだった。

しかし、戦争が末期に近づき、戦況が悪化していくと、特攻の成功率は低下していく。良い機体は本土決戦に備えるために出し惜しみをし、時代遅れの練習機までが使われるのだから当然である。

自然に、精神も荒廃していった。当初、上層部は出撃する隊員に、

「君たちは既に神である」

と、称賛の言葉を投げて見送っていた。しかし、沖縄が陥落した辺りから、上層部は、特攻に幻想を抱かなくなっていき、命令も人選も、機械的になっていった。

なぜその時に、特攻を止《や》めなかったのか。特攻を続けていくこと自体が、使命のようになってしまっていたのだ。扱うのは人の死である。それが機械的に行われる。これ以上の退廃はないのに、それに気付いていないのだ。

「明日、十二機、特攻を出せ」

という命令が上から来ると、飛行隊長が機械的に出撃する特攻隊員の名前を紙に書き、それを貼《は》り出す。そして翌日、十二人が特攻に向かうのだった。

そうした資料や本を読んでいくうちに、十津川は探していたものにぶつかった。

陸軍の九州航空基地の話である。沖縄戦はすでに、守備隊の抵抗が終わっていた頃だった。それでも陸軍の中央からは、毎日、特攻の命令がくる。飛行隊長は、隊員を激励することもなくなっていった。

ところがある夜、格納庫を見回って歩いていると、奥の方から、何かぶつかるような小さな物音が聞こえてきた。そっと覗《のぞ》くと、翌日出撃予定の隊員が、エンジンに小石を投げ入れているのが見えた。エンジンが故障すれば、出撃しなくて済む——。

その様子を目の当《ま》たりにした飛行隊長は、怒りよりも、何かひどく寂しい気持に襲われたという。若いパイロットたちは、喜び勇んで出撃する者がいる一方、死にたくなくて、エンジンを故障させようとしている者もいる。物寂しい思いにとらわれた飛行隊長は、そっと宿舎に引き返したと書かれていた。

（坂西と同じことをしていたパイロットがいたんだ）

十津川は思った。

現代に生きている十津川は、特攻の経験は当然ない。だからこそ、なおさら痛ましさを感じてしまう。全員が喜んで出撃したわけではなかったのだ。そのくらいのことは予想していたが、記述をみつけて嬉しかった。狂気の戦争の中でも、人間らしさを失わなかった者が確かにいたという事実が、十津川を励ました。

たぶん戦争中でも、特攻の効果に疑問を抱くパイロットや上官はいたのだろう。当時、特攻に出撃して死んだ隊員の中には、後に残る仲間に向かって、

「俺は、この特攻には疑問を持っている。軍人だから出撃するが、こんなことは自分

で終わりにしてほしい」

と、言い残して出撃していった者もいるという。

また、命令を出す側にも、

「これ以上、特攻を続けていても、日本が勝てる見込みはない」

と、日記に書き記している者もいたという。それにもかかわらず、なぜ特攻は続けられたのか。

その答えを出すのは難しいだろう。現代に生きる十津川が、考えることでもないのかもしれない。だが、今、立ち止まってきちんと総括しなければ、日本はまた無意味に若者を殺すようになってしまうのではないか。

そんなことを思いながら、十津川はさらに特攻について書かれた本を何冊も読み、資料に目を通していった。

現在、特攻について、一つの言葉がある。

「戦術としては非道だが、特攻で死んだ若者たちの精神は崇高である」

これが現在のところ、特攻について語る時に、誰もが口にする言葉である。しかし、この言葉が正しいのは、特攻隊員が全て命令ではなくて志願だった時である。命令でなく、志願が前提になるのだ。もし、命令されて特攻に出撃していたのなら、その命令自体が許されなくなってくるからだ。「特攻の父」と言われる大西中将が、なぜ特攻をしなければならないかについて語った言葉がある。

「日本は正に危機である。しかも、この危機を救い得る者は、大臣でも大将でも軍令部総長でもない、もちろん自分のような長官でもない。それは諸子の如《ごと》き純真にして気力に満ちた若い人々のみである」

これが、特攻を語るときに言った大西中将の言葉である。しかし、考えてみれば、おかしな言葉である。特攻で若者たちが全員死んでしまったら、その後は、どうするつもりだったのだろう。大西中将自身は、特攻で二千万人の若者が死んでいけば、それに恐れおののいてアメリカは和平に応じてくるだろうと言っている。

二千万人である。まず二千万機もの飛行機は作れないし、それを飛ばすガソリンもないはずである。それに二千万人が特攻で死んでしまったら、そんな日本が復興できるのだろうか。空論に過ぎないと十津川は思った。

特攻に反対した数少ない飛行隊長の一人が、次のように話している。

「特攻を命令されたら、最初に司令官を飛行機に乗せて飛ばしてしまうね。次は副官だ。三番目は参謀たち。四番目はベテランのパイロット。最後に若いパイロットたちを残しておく。もし、俺に特攻の命令がきたら、そう進言するね」

この飛行隊長の言葉の方が、的を射ていると言っていいだろう。若者に期待すると言いながら、若者が死んでしまったら、日本の未来は真っ暗である。

そこで、問題の坂西勝利と、同期の安田太郎のことを考えた。十五、六歳で志願し、十七歳で特攻出撃の命令が出された彼らは、何を考え、どう受け止めたのだろうか。

安田太郎は十七歳で生涯を終え、坂西勝利は九十一歳まで生きた。だが、長く生きた坂西は、一度として自分の戦争体験とその時の気持ちを、娘に語ることなく殺されてしまった。彼らが何を考えたのか。そのヒントになりそうな記述を見つけた。陸軍航空参謀の記録である。

この記録をつけた男は、陸軍参謀として勤務していた。元々パイロット志望で戦闘訓練なども受けていたが、演習中の事故で、二度と操縦桿《かん》を握れなくなった。頭脳明《めい》晰《せき》だったため、参謀へと移った人物である。

戦争末期、彼は陸軍の振武寮に勤めていた。機体の故障などで、特攻できずに帰投した特攻隊員を、収容していた施設である。死を恐れて逃げ帰ったとされる兵士を閉じ込め、精神がたるんでいると毎日のように殴り、軍人勅諭を何度も清書させていたという。

戦後、彼が当時のことを回想したのが、この記録である。

「不時着して帰ってきた特攻隊員の半分は、急に死ぬのが怖くなって帰投したのだと思う。特に性根が腐っているのは、学徒兵として飛行訓練を受け、特攻隊員となった者である。彼らは理屈を並べたてるが、根は臆病《おくびょう》で、死への恐怖に勝てず、嘘《うそ》を吐《つ》いて帰ってきたに過ぎない。彼らに新しい飛行機を与えても、同じ嘘を吐いて戻ってくるに違いない。信用が置けないのだ。

それに比べて、陸軍少年飛行兵あがりは信用できる。純粋で、死を恐れていないのだから」

その信用に足るはずの陸軍少年飛行兵であった坂西勝利が、特攻を避けた。軍の上層部には、それが許せなかったのだろう。信用しているからこそ、その期待に応《こた》えられない隊員の存在が理解できない。だから、他の隊員とは異なり、存在自体を記録から抹消するほどの処分を下したのだろう。十津川はそう推測した。

5

福岡県警本部で開かれた捜査会議に、合同捜査となっている警視庁から出席した十津川は、自分が調べたことを説明した。

「特攻について調べましたが、陸軍も海軍も、最年少が共に十七歳でした。陸軍は少年飛行兵学校を経て、海軍は予科練を経て特攻隊に編入されているようです」

「私が読んだ本の中には、若い特攻隊員たちは、ガソリン不足で訓練時間が短かった、とあった。その点は、どうなのかね？」

福岡県警本部長が、十津川にきいた。

「私が調べた限りでも、同じように書かれたものが多いです。わずかな飛行訓練しかしていなかった。離陸して真《ま》っ直《す》ぐ飛ぶのさえ覚束《おぼつか》ないパイロットもいた、と書かれています」

「練度の低いパイロットばかりになったので、敵戦闘機との空中戦も、ろくにできなかったはずだとも書いてあったな」

「おっしゃる通りだと思います。さらに言うと、空中戦はもちろん難しいですが、敵艦船に体当たりすることも出来なかったのではないか。そういう分析もあります。なにしろベテランパイロットでも、自機を体当たりさせるのは難しかったようです。飛行機は、飛ばすための設計が施されていますから、よほどうまく急降下しないと、翼に揚力が生まれてしまいます。直前に機体が浮き上がって、体当たりに失敗したケースが、何度もあったようです。そういった意味でも、特攻は成功率が低いので反対だ、と言っている人もいたようです」

「坂西勝利の場合は、どうだったのかね？」

と、さらに本部長が問いかけた。

「自分の飛行機のエンジンに石を詰めて故障させ、出撃を免れています。ただ、それが死ぬのを恐れての行為だったのか、特攻をしても成功しないからなのか、二つの可能性があるように感じます。私は、なぜ彼が出撃を避けたのか、どうしてもその理由が知りたいです」

その後、捜査会議に参加した刑事たちの間で、特攻に関して、議論が交わされた。

刑事の中には、祖父が特攻隊員だったという者もいれば、親戚に特攻隊員がいて、終戦が早まったおかげで助かったが、一度も戦争の話をしてくれなかったという者もいた。

議論は続いても、最後には同じ疑問にぶつかってしまった。それは、

「特攻隊員だったが、生き残った坂西勝利が、戦後七十年以上も経った今、誰に、何のために殺されたのか」

という点だった。特攻には詳しくなったが、事件は今もまったく解明されていないのだ。

十津川は同行した亀井と一緒に、博多駅近くのホテルに泊まった。次の日に、もう一度、西日本鉄道に乗ってから、東京へ戻ることにしていたのだ。

翌朝、ホテルを出発し、西鉄福岡（天神）駅へ移動した。そこから、坂西父娘《おやこ》が乗ったのと同じ、大牟田行きの西鉄特急列車に乗った。さらに新大牟田駅で新幹線に乗り、知覧を目指す。最後は空路で東京に戻る予定だった。本当は、博多から新幹線で鹿児島中央を目指した方が早いのだが、どうしても坂西父娘と同じ西鉄特急に乗りたかったのである。何か手がかりが見えてくるかもしれないからだ。

車中で、駅で買った新聞に目を通す。すると、そこに、

「野武士集団　西鉄ライオンズの奇跡」

という本の新装版が出版されたという広告が掲載されていた。

「また、西鉄ライオンズですか」

亀井刑事が、少しうんざりしたようにいう。

「殺された坂西勝利も、大変な西鉄ライオンズファンだった。主力選手のフルネームを、すらすらといえるほどだった」

十津川はいった。

「そうですね。でもその主力選手たちも、ずいぶん亡くなっているんじゃないですか？」

「黄金期に監督をしていた三原は、既に亡くなっているし、エースの稲尾や豊田たちも亡くなっているなあ」

「西鉄ライオンズの選手の家族にも、特攻で亡くなった人がいるんじゃないですかね」

「そうだね。きっといただろう。西鉄ライオンズが誕生したのが昭和二十六年で、戦後間もない頃だ。選手の父や兄が、特攻隊員だったとしてもおかしくないだろう」

十津川はいった。

「まさかとは思うんですが……」

と、亀井が遠慮がちにいった。

「何だい？」

「西鉄ライオンズの主力選手の中に、まさか特攻隊員だった人間はいないでしょうね？」

「稲尾、中西、豊田などは、全て太平洋戦争とは関係ない」

と、十津川はいった。しかし、その後で、

「監督の三原は、確か戦地から帰ってきて巨人軍に入り、のちに西鉄ライオンズの黄金時代をつくったんだ。もう一人いた。昭和三十一年から三十三年までの三連覇のときの主力選手に、青バットの大下というホームランバッターがいた。彼も確か戦争帰りのはずだ」

十津川は、自分が戦後生まれで戦争を知らない世代なので、戦争と西鉄ライオンズが結びつくという実感がなかった。一度は捜査会議で、この問題を提起したこともあったが、他の刑事たちの反応は得られず、自分でも、いつしか脇《わき》に追いやっていたのだ。

しかし、考えてみれば、西鉄ライオンズが日本一になったのは、昭和三十一年、三十二年、三十三年なのだ。坂西勝利が、ようやく三十代に足を踏み入れてこようかという時期でもある。そう考えると……まさか。

戦友、もっと突き詰めていえば、特攻隊員の戦友が、生き残って西鉄ライオンズにいたとしても、なんらおかしくはないのだ。

「カメさんの言葉が、あながち空想とも言えないような気がしてきた」

十津川の顔色が、ほんの少しだが紅潮している。

「坂西勝利は、西鉄ライオンズが三連覇した翌年、一度だけ福岡に出かけている。きっと西鉄ライオンズに関係のある、市内の施設を見て回ったと思うんだ。グラウンドにも行っただろう。そこには、練習をしている選手たちがいたはずだ。そこで、知覧で一緒だった元隊員を見つけたんじゃないか。坂西も三十歳になったばかりだ。同じ特攻隊員が、野球選手をしていたとしてもおかしくない」

十津川は、興奮して早口になっていた。

亀井も、同様に顔が紅潮していた。

「その時には、坂西の方は、知覧で一緒だったとは気付かず、選手の方だけが気付いたのかもしれませんね」

「これで、西鉄ライオンズと坂西が結びついたかもしれない。もちろん、推測に過ぎない。だが、もしも事実なら、何も手がかりのなかった殺人の動機が、これで見つかるかもしれないぞ」

と、十津川はいった。

第五章　西鉄ライオンズ

I

　十津川は完全な戦後派である。そのせいか、今度の事件について、大きな誤解を持っていた。

　そのことに、やっと気が付いたのである。

　十津川は、戦争に関心がないわけではない。関心があるからこそ、太平洋戦争について書かれた本を読み、写真集を眺め、映画も見てきた。戦争、特に戦争末期の悲惨な敗戦の歴史。それが、現在の平和な日本に繋《つな》がっている、という人は多い。

確かに繋がっているだろう。だが、十津川の感覚の中では、戦争、特に昭和二十年の悲惨な状況と、終戦後の平和な日本とは、どうしても繋がらないのである。どこかに断絶がある。

昭和二十年。日本の兵士たちは海外で次々に命を落とし、本土では市民が、毎日のように戦争で死んでいた。特に昭和二十年三月十日の東京大空襲では、十万人の死者が出た。

そして八月六日の広島。八月九日の長崎。ここでは一瞬にして、十万人の人間が死んでいる。しかし、十津川が生まれた時から今日まで、日本は戦争で市民が死ぬようなことはなかったのである。そこに、はっきりとした断絶がある。

昭和三十一年、西鉄ライオンズが、日本シリーズ優勝を遂げた。太平洋戦争が終わってから、すでに十年以上が経《た》っていた。西鉄ライオンズの野武士軍団のもつ若さで、奇跡的な日本シリーズ優勝を遂げた、と誰もが讃《たた》えた。

その感覚で見ているせいか、十津川は西鉄ライオンズの若武者たちが、てっきり戦争と関係のない戦後の人間だと思い込んでいたのである。しかし、よくよく考えてみれば、若武者たちを代表する中西、豊田、稲尾らは、いずれも戦争の経験者なのである。

一番若い稲尾にしても、終戦時は八歳の小学生だったはずである。もちろん豊田も中西も、立派な戦中派なのである。その事実を、十津川はなぜか忘れていたのだ。

もう一つ、感覚的なものもあった。特攻隊員は、太平洋戦争の象徴だった。一方、昭和三十一年にプロ野球で日本一になった西鉄ライオンズは、平和の象徴だった。戦争を知らない十津川から見れば、特攻隊員だった坂西勝利よりも、西鉄ライオンズの選手たちの方が身近な存在だった。だから、特攻隊員だった坂西と、西鉄ライオンズが結びつかなかったのだ。

十津川は、正直に藤田警部に、そのことを話した。

「てっきり私は、西鉄ライオンズの選手たちとは、坂西よりも自分の方が年が近いと思っていました。しかし、間違っていました。私と西鉄ライオンズの選手たちよりも、昭和二十年に特攻隊員で、十七歳で終戦を迎えた坂西の方が近かったんです」

「私も、似たようなものですよ」

と、藤田はいった。

「私には、戦争の経験も、戦闘の経験もない。そのため、プロ野球の選手の方が、十七歳の特攻隊員よりも、ずっと身近だと錯覚していたんです。それに、戦争の時代と平和の時代との間には、私から見れば、感覚的な断絶があった。そのせいもあったかもしれません」

「同感です」

「実際には断絶なんてないんですよ。ずっと続いているんだ。それが今回の事件でわかりましたが、依然として、戦争と現代の繋がりを実感できていないのです」

「それも同感です」

藤田は、十津川の言葉に頷《うなず》いてから、いった。

「西鉄ライオンズのことを調べてみなければなりませんね」

現在、西鉄ライオンズは西武ライオンズに変わり、西日本鉄道との関係はなくなっているが、昭和三十四年の西鉄ライオンズについての資料は、西日本鉄道の本社が持っていた。そこで調べてもらうと、答えは簡単に出た。

十津川たちに応対してくれた広報部長は、資料を見ながら、

「昭和三十四年当時、それに該当しそうな選手は、二人いました。一人は、昭和三十四年に三十一歳だった木村健治《きむらけんじ》。ポジションは内野手ですね。もう一人は、昭和三十四年に三十六歳だった神山一平《かみやまいっぺい》。こちらは、三十四年当時は、選手から内野のコーチになっています」

「三十四年に三十一歳だった木村健治さんの方は、この時、まだ一軍の内野手だったわけですね」

「そうです。セカンドを仰木と争っていました。守備は仰木の方が良かったんですが、打撃は木村健治の方が優れていたと記録にありますね」

と、広報部長は教えてくれる。

「若い木村健治は、昭和三十四年に三十一歳だったとすると、昭和二十年には十七歳ですね？」

と、十津川は確認する。

「そうなりますね。ええと、ここに経歴が書いてあります。昭和二十年、十七歳で陸軍の特攻隊だったが、幸いにも出撃する前に終戦を迎え、復員して大学に入学。大学では野球部に所属し、守備よりも打撃の素質があるというので、西鉄球団と契約したと書かれています」

「もう一人の神山一平という人は、特攻隊ではなかったんですか？」

藤田がきいた。

「陸軍の知覧基地にいたことはわかっています。その時二十二歳。特攻隊員とは書かれていません。戦後は木村健治と同じような経緯を辿《たど》り、こちらは守備が素晴らしいというので、球団と契約しましたが、結局、選手としては二軍暮しだったようです。昭和三十四年に、三十六歳で二軍の内野コーチになって、三年間在籍した後、退団しています」

「木村健治の方はどうだったんですか？　二軍暮しはなしですか？」

「彼は打撃がいいので、一軍が長かったですよ。守備では圧倒的に仰木の方が上手《うま》かったですが。打撃は木村健治の方が上だったので、よくピンチヒッターに使われていたようです。しかし、昭和三十五年に怪我《けが》をしてから、それが尾を引いて、翌年引退しています。その後、福岡で両親の飲食店を手伝っていたようですが、はっきりとした消息はわかりません」

「神山一平の方はどうですか？　昭和三十四年に三十六歳ならば、もう亡くなっていますか？」

十津川がきいた。

「西鉄ライオンズ球団としては、連絡が取れなくなっていましたが、七十歳くらいまで元気で、その後ガンで亡《な》くなったという話を聞いています。ですが、それは噂《うわさ》程度で、はっきりしたことはわかりません」

広報部長がいった。

「本命は、木村健治の方ですね」

と、藤田警部がいった。それは十津川も同感だった。とにかく知覧に行って、木村健治という名前の十七歳の特攻隊員について、調べる必要がある。

2

木村健治は、坂西勝利、安田太郎と同じく、陸軍少年飛行兵の第十五期生だった。ただ、同じ陸軍特攻隊といっても、坂西や安田の「振武隊」ではなくて、隊の名前は「誠」となっていた。

知覧特攻平和会館内の掲示には、こう書かれている。

「木村健治隊員は、幾度か『誠』隊の一員として出撃の機会に恵まれたが、その度に天候不良があったり、アメリカ艦隊の所在が不明になったりして、特攻の機会が潰《つぶ》れ、その内に終戦を迎えた。昭和二十年八月二十五日復員。出撃前夜に書いた遺書や色紙は、当館に所蔵されている」

これが、十七歳の特攻隊員、木村健治に関する説明だった。

神山一平の方は、特攻隊員ではなかったので、記述は簡単だった。

「昭和二十年知覧基地勤務。復員時の階級は陸軍伍長《ごちょう》」

それだけである。当然かもしれないが遺書はなく、色紙も残されていない。

「やはり今回の事件と関係があるとすれば、木村健治の方ですね」

と、改めて十津川は藤田にいった。問題は、木村健治と坂西勝利の関係である。

木村健治は坂西や安田と同じく、陸軍少年飛行兵の第十五期生である。第十五期四十人の飛行兵として卒業し、特攻隊員として知覧に送られた。

「同じ少年飛行兵の第十五期生ですから、お互いのことはよく知っていたはずです。坂西勝利の方は、出撃の前日に、特攻隊員を事実上クビになってしまった。それだけでなく、特攻隊員の記録からも削除され、知覧基地から追放されています。同じ特攻隊員で、陸軍少年飛行兵の十五期生ですから、その事件は木村健治も知っていたでしょう。昭和三十四年、終戦の十四年後に、偶然、西鉄ライオンズのグラウンドで、二人が会ったとしたら、そこで何が起きたのか。お互いに気付いたのか、知らない顔をしたのか。話したとしたら、どのような言葉を交わしたのか。まず、それを調べたい。そう思います」

「それがわかれば、今回の殺人事件の謎《なぞ》も、少しは解けてくるかもしれませんね」

と、藤田警部もいった。

その時、坂西勝利と木村健治の間に、何があったのか。十津川は、捜査本部で議題にかけ、検討することにした。

捜査本部は、警視庁と福岡県警との合同という形である。合同捜査本部が置かれているのは福岡県警だが、トップの県警本部長も五十九歳。戦後派である。もちろん、戦争体験も戦闘体験もない。したがって彼も、戦後のヒーローである西鉄ライオンズの選手が、今回の事件に関係しているとは思わなかった、と会議の席上で、正直に口にした。

「私も、一つの先入観を持って今回の事件を見ていると、認めざるを得ない。九十一歳の元特攻隊員が殺された。それだけで、今から七十四年前の終戦直前に遡《さかのぼ》る事件ではないかと思い込んでしまった。私は九州の人間で、西鉄ライオンズの根っからのファンである。今でも当時の日本シリーズをＤＶＤで見ると、中西や豊田や稲尾たちの活躍に感動してしまう。西鉄ライオンズ全盛の当時は、まだ産まれていなかったのに、だ。映像の印象から、彼らが平和な戦後の人間で、戦争中の特攻隊員とは何の関係もないと、つい考えてしまっていた。しかし、こうして時系列で考えれば、特攻隊員だった坂西勝利が、あの西鉄ライオンズの選手たちと、年齢が近いことがわかってきた。その視点を得られただけでも、大きな前進である」

これが、会議の開始にあたっての本部長の挨拶《あいさつ》だった。その後、捜査の現状を、警視庁の十津川と、福岡県警の藤田警部が説明していった。最初は十津川である。

「私も完全な戦後の人間で、戦争は直接には全く知りません。しかし、太平洋戦争と、その戦争で死んでいった人々、特に特攻隊員については、かねてから関心がありました。九十歳を超えた坂西勝利が、西日本鉄道の車内で殺され、その捜査の過程で、彼が特攻隊員だったと知って、強い関心を持ちました。しかし同時に、どこか遠い存在でもあったのです。本部長と同じで、私は西鉄ライオンズの大ファンであります。私自身がアンチ巨人だったせいもあって、西鉄ライオンズの若き選手たち、中西、豊田や稲尾、仰木などは、今も私にとって英雄であります。もちろん、彼らが大活躍した当時、リアルタイムでそれを追っていたわけではありません。それでも、当然のように、私は彼らを自分の側の人間として考えていました。自分と同じように、戦後の平和の中で育った人間だと、勝手に決めつけていたのであります。だから、プロ野球が復活してからの、西鉄ライオンズと巨人軍の三年間にわたる死闘も、戦争から遠く離れた時代に行われたと錯覚していたのです」

捜査員たちの目が、十津川に注がれていた。

「それと反対に、私は坂西勝利を、自分たちの側の人間とは思っていませんでした。

あくまでも戦中の人間として考えていたのです。なぜ、そう考えてしまっていたのか。戦争末期、特に昭和二十年八月十五日までの日本は、あまりにも悲惨でした。軍人だけでなく、市民まで、毎日のように戦争で死んでいました。それを本で読んではいても、自分が経験していない世界としてしか、捉《とら》えることができなかったのです。昭和二十年八月十五日までと、その後の日本とは、完全に断絶している。そう考えていたために、単純に坂西勝利を戦争中の人間とし、自分たちは戦後の人間と区別しながら、今回の事件を追っていたことを、告白しなければなりません。しかし、その考えは間違っていた。その間違いが、西鉄ライオンズを、坂西勝利と私たちの間に置いてみることによって、明らかになるのです」

十津川の言葉が、徐々に熱気を帯びる。

「西鉄ライオンズの若き英雄たちは、坂西勝利と同じ側の人間、同じ世代の人間だったんです。そう考えることによって初めて、坂西勝利と西鉄ライオンズの選手たちとの接点が見つかりました。昭和三十一年から三十三年にかけての、西鉄ライオンズの日本シリーズ三連覇。特に巨人軍を破っての三連覇で、実際に観《み》たわけではない私にも強烈な印象を残しています。テレビで記録映像が流れる度に、感動して涙があふれそうになるのです。リアルタイムで見ていた坂西勝利にとっては、もっと強烈な印象だったことでしょう。だからこそ、坂西勝利は、昭和三十四年に福岡を訪ね、西鉄ライオンズとの直接の接点を持ったに違いないのです。福岡で西鉄ライオンズに関係ある場所を訪ねて歩き、グラウンドで練習している西鉄ライオンズの選手を見学したことでしょう。そこに、坂西勝利と同じく、昭和二十年の知覧基地にいた人間がいたとしたら——。当時の西鉄ライオンズで、この条件にあてはまる人間が、二人いました。逆にいえば、二人もいたのです。同じ陸軍少年飛行兵の第十五期生だった木村健治と、年齢は終戦時四歳年上の二十二歳で、特攻隊員ではなかった神山一平の二人です」

部屋は、十津川の独壇場と化していた。

「私と藤田警部は、木村健治に注目しました。少年飛行兵の第十五期生は四十人。その多くが、特攻隊員として九州の特攻基地、知覧に配属されました。木村健治と坂西勝利は、同じ十五期生として、同じ知覧基地に配属され、特攻隊員として死ぬ未来を約束された仲間でした。当然二人は知り合いだったはずです。木村健治の方は、特攻隊員として何度も突入を覚悟しながら、アクシデントによって、その機会を得られないまま、終戦を迎えています。戦後は大学に入り、そののち西鉄ライオンズの選手になりました。一方の坂西勝利は、特攻隊員として同じ知覧基地に配属されましたが、出撃の直前、自分が乗る飛行機のエンジンを、小石を投げ入れることで自ら壊して、特攻出撃を避けました。当時、そうした行為をする者は、非国民であり卑怯者《ひきょうもの》だと蔑《さげす》まれました。彼は自殺を図り、陸軍としては、彼を基地に置いておくわけにもいかず、追放しました。現代の人間からすれば、死ななくてよかったと考えてしまいがちですが、当時の考えからすれば、彼はとんでもない卑怯者で背信者であります。その思いは、死ぬ時まで、彼につきまとったのではないか。特攻については、作戦としては非道なものだが、国のために若い命を散らしていった特攻隊員の精神は崇高である。これが一般的な見方になっています。この見方を裏切るものとして、今に至るも、坂西勝利の行為は、恥ずべき卑怯なものとして捉えられていたのです。その坂西勝利と、昭和三十四年に西鉄ライオンズの選手の一人だった木村健治は、昭和二十年に特攻隊員として知覧基地にいました。戦後十四年経った昭和三十四年に、西鉄ライオンズのグラウンドで、二人が出会ったとすると、その時の坂西の立場はどんなものだったか。今の私たちの時代では考えられないような関係だったと思われます。木村健治の方は、栄光ある特攻隊員として戦後を迎えている。坂西は、恥ずべき汚名を背負ったまま、戦後を迎えている。そういった関係は、その後も変わらなかったのではないでしょうか」

その後に続く形で、福岡県警の藤田警部が説明していった。

「ここに、昭和三十三年、西鉄ライオンズが日本シリーズ三連覇を成し遂げた年の、地元スポーツ紙があります。当時木村健治は、一軍の内野手として活躍していました。仰木選手がレギュラーでしたが、打撃力のある木村健治は、度々仰木に代わって二塁に起用され、またピンチヒッターとしても駆り出されています。昭和三十三年、西鉄ライオンズは、パシフィック・リーグのライバル、南海ホークスと覇権を争って苦戦していました。この昭和三十三年八月の試合で、ピンチヒッターとして使われた木村健治が決勝点を挙げ、南海ホークスに勝利したのです。この新聞は、そのときのものです」

藤田は、記事のコピーを、会議に出席している刑事たちに回した。

「代打木村　殊勲の決勝打」

という見出しが躍っている。記事には、これで宿敵南海ホークスと三ゲーム差まで詰めたと書かれ、また木村選手について、小さな囲み記事が載っていた。

「特攻隊員だった木村選手」

見出しにはそうあった。記事の方は、

「現在、西鉄ライオンズの選手として活躍している木村健治内野手は、昭和二十年に九州・鹿児島の陸軍基地、知覧にいた。特攻隊員だったのである。特攻隊員としては最も若い十七歳。陸軍少年飛行兵の第十五期生である。この十五期生は、何人もが特攻隊員として亡くなっている。当時、木村健治は特攻隊員として、沖縄決戦でアメリカ艦隊に突撃する使命を帯びていた。それがたまたま天候が悪かったり、アメリカ艦船の所在がわからずに突入が中止になったりしたために、任務を果たせずに基地に帰ってきた。そして生きたまま終戦を迎えたが、今や西鉄ライオンズにとっては、欠くべからざる貴重な戦力となっている」

とあった。

「こうした記事を見ると」

と、藤田警部が続けた。

「元特攻隊員という肩書は、戦後も、木村選手にとって輝かしいものだったと考えられます。太平洋戦争について、あるいは特攻作戦については、さまざまな批判がありますが、個人にとって、特攻隊員だったという事実は、戦後も栄光だったわけです。そう考えると、死ぬのが怖くて逃げたと思われている坂西勝利にとっては、全く逆です。特攻隊員という肩書は、栄光ではなくて、逆に『恥辱』に違いありません。そうした二人が、昭和三十四年、西鉄のグラウンドで会った可能性が考えられるのです。運命の皮肉と言わざるを得ません。坂西勝利にとっても、日本シリーズ三連覇を成し遂げた西鉄ライオンズは素晴らしい球団であり、彼にとって特別な存在でした。まさか、その中に、自分と同じ十七歳で特攻隊員として知覧基地にいた戦友がいて、そこで出会うとは夢にも思っていなかったでしょう。木村健治という名前は珍しくもありませんし、当時パ・リーグの試合は、日本シリーズででもなければ、滅多にテレビ中継はされていませんでした。中継があったとしても、テレビのある家も稀《まれ》でしたからね。西鉄ライオンズの木村健治と、知覧基地にいた木村健治を、坂西が結びつけて考えていなかったとしても、無理はありません。おそらく、西鉄ライオンズのグラウンドでばったり会ったその時に、二つの木村健治が結びついたのでしょう。坂西にとって、相手は依然として栄光ある英雄、自分は卑怯者。そうした考えに包まれながら、突然出会ったのに違いありません」

「ちょっと待ってくれ」

県警本部長が口を挟んだ。

「君が言ったように、坂西が木村健治に再会して、特別な感情を持つことになる事情はわかる。しかし普通に考えれば、その時に殺意を感じたとすれば、坂西勝利の方じゃないのかね？　木村健治の方は、日本一の西鉄ライオンズの一軍選手。そのうえ特攻隊員だったという過去も、彼にとっては栄光だったわけだ。その彼が、卑怯者と言われて追放された坂西勝利を殺す理由が、どこにあるのだね」

と、いうのである。

この二人の関係については、会議でも、さまざまな意見が出された。昭和三十四年といえば、終戦から十四年も経っている。この頃は、坂西勝利も自分で工場を立ち上げ、その経営に一生懸命だった。木村健治は、西鉄ライオンズの一軍選手として活躍中だった。確かに二人にとって、十七歳の時に特攻隊員だった過去は大きな意味を持つだろうが、それから十四年間、それぞれ別の人生を歩んできたことになる。物心ついてから知覧までの年数と、ほぼ同じといってもいい。

そう考えると、昭和三十四年に、グラウンドで顔を合わせた瞬間こそ驚いただろうが、それで感情を露《あら》わにして睨《にら》み合ったり、激しい言葉のやりとりをしたりするまでには、至らなかったのではないだろうか。むしろ、互いに懐《なつ》かしさだけがあったとも考えられるのではないか。特に、木村健治の方は、自分に引け目はないのだから、自分から坂西勝利に声を掛けたのではないだろうか。スポーツ新聞やニュースで、自分が西鉄ライオンズにいることを坂西が知って、会いにきたと考えた可能性さえあるではないか。

坂西には、引け目があったかもしれないが、木村健治にはそれがなかったから、普通に話が出来たのではないか。この見方には説得力があった。坂西は、自分が西鉄ライオンズの絶大なファンであることを話し、木村は現在の活躍や来シーズンの目標などを話して、なごやかに別れたのではないか。そう考えると、その時はどちらにも、殺意どころか、敵意もなかったに違いない。これが、多くの意見だった。

もちろん、極端な意見もあった。会議に出席しているのは、刑事たちだから、刑事特有の見方があっても不思議はなかった。

たとえば、坂西勝利にとっては、戦後何年経っても、知覧基地で起こした事件が、永遠の汚名であり、烙印《らくいん》のように感じられたのではないかという意見である。藤田警部がいう。

「敗戦で、日本人の考え方が大きく変わったという人がいますが、私から見ると、あまり変わっていない。日本人らしさといわれるものが、依然として残っているように感じます。たとえば、野球です。いうまでもなく、もともと野球はアメリカの産物です。だから、日本のプロ野球も、少しずつベースボールに近づいていくのではないか。私もそう思っていたんですが、相変わらずサムライ野球と称したり、アメリカではあまりみられない犠牲バントやスクイズバントが多用されたりしますね。自分を犠牲にして、チームのために尽くす。そうした精神は、戦後も変わらず、日本人の中に残っているのではないか」

藤田の話し方にも、熱が籠《こも》る。

「そう考えてみると、特攻は若者の崇高な精神の表われという考えは、戦後も残っていると思われます。それと表裏一体のように、卑怯者と呼ばれた坂西勝利の汚名も、消えずに残っていた。少なくとも彼の精神の中では、確実に残っていたんじゃないか。だからこそ、戦後、一度も知覧には行かなかったし、戦争や特攻について、娘の弓子にすら話さなかった。少なくとも坂西勝利は、昭和三十四年になっても、その暗さを抱えていたに違いありません。卑怯者の烙印をおされたまま、福岡の西鉄ライオンズのグラウンドで、自分と同じ特攻隊員で陸軍少年飛行兵十五期生だった木村健治に会ってしまった。さぞショックだったでしょう。木村健治にとって、特攻隊員の過去は誇りだった。なのに、坂西勝利にとって、それは『汚名』です。汚名を晴らしたくても、その機会もないままに終戦を迎え、戦後十四年が過ぎた。そこで突然、木村健治に会ってショックを受け、ずっとその衝撃を抱えて、九十一歳まで、坂西は生きていたんじゃないか。もっと具体的に言えば、木村健治が、自分の過去を、雑誌や新聞か何かに喋《しゃべ》ってしまうんじゃないか。その不安がいつもあったのではないか——」

藤田は一気に話し終えると、抑えた口調に戻った。

「九十歳を超えた坂西は、思い切って娘の弓子と知覧を訪ねることを決意しました。そんな時に、西日本鉄道の車内で、同じく九十歳を超えた木村健治に再会したとしたら、どうでしょうか。木村健治の方は相変わらず平気だったが、坂西はショックで混乱して、ひょっとすると喧嘩《けんか》になったかもしれません。そして揉《も》み合ううちに、逆に殺されてしまったのではないか。偶然が過ぎるといわれるかもしれませんが、そんな場面まで、私は考えるのです」

と、本部長が藤田にきく。

「それで、木村健治の消息は、はっきりとわかっているのかね」

「三十三歳の時に、プロ野球選手を引退しています。両親の飲食店を手伝っていたことはわかっているんですが、その後の消息がつかめていません。何しろ、西鉄ライオンズという球団自体が、別球団に変遷《へんせん》しているので、即座に連絡先がわかるというようには行きません。九十歳を過ぎた現在も生存しているのか。まず、それを調べています」

と、藤田警部が答えた。

もう一人の西鉄ライオンズ選手、神山一平についても、本部長が説明を求めた。藤田警部が答える。

「神山一平は、終戦時、知覧基地にいましたが、特攻隊員ではありませんでした。年齢も、坂西や木村が十七歳だったのに比べて、二十二歳と年長者です。陸軍少年飛行兵第十五期生でもありません。神山は、民間の航空機製造会社に勤務していました。陸軍の飛行機を製造する会社です。その後応召し、航空機製造の腕を見込まれて、陸軍基地に配属。そこで飛行機の整備や修理をしていました。身分は陸軍伍長です。応召するまでアマチュア野球の選手だった神山も、戦後、西鉄ライオンズに入団します。内野手として、ほとんどの期間は二軍暮しでしたが、昭和三十四年、三十六歳の時に、選手から二軍の内野コーチになっています。三年後に三十九歳で退団したことはわかっているのですが、その後が不明です。こちらは死亡したという噂があります」

と、藤田が報告した。

「今後の捜査方針としては、この二人を追うことになる。木村健治と神山一平、特に木村健治の現在の状況だ」

と、本部長がいった。

「その通りです。二人とも、現在生存が確認されていません。特に神山一平の方は、坂西や木村の五歳年上です。生きていれば九十六歳のはずで、かなりの高齢です。一方の木村健治ですが、実家で働いていたことはわかっています。そこから戸籍を辿っていけば、少なくとも生死ははっきりするでしょう」

木村健治の場合は、西鉄ライオンズを引退した時の住所が、福岡市内のマンションになっていた。一方、神山一平は、最後の住所が神奈川県だった。木村健治の追跡調査は福岡県警が担当し、神山一平の調査は警視庁が担当することに決めて、会議は終了した。

3

木村健治は、現役時代を通じて、一軍選手であり続けたが、次第に怪我で休む日が多くなり、体力の限界を感じたとして、突然引退してしまった。

この情報を、藤田警部たちが調べてみると、そう簡単なものではなかった。写真で見ても、当時の言葉でいうハンサムである。当然、女性にもてた。球団や監督は、早く身を固めて、落ち着いて欲しいと思っていたのだが、女性にだらしない性格は最後まで直らず、また博打《ばくち》に手を出して、当時の金で五百万円の借金を作ってしまった。

現在なら三千万円くらいに相当するだろう。しかも、よくない筋からの借金である。女と金の問題がからんで、球団を追われるようにして辞めていったのである。時に三十三歳。以降は、福岡市内で両親が営む小さな料理店を手伝うことになった。

プロ野球選手として失敗しても、相変わらず女性にだらしなく、酒好き博打好きで、家業を学ぼうともしなかったと、親類の一人が口を開いた。このままでは店を潰されてしまうと恐れた両親が、先んじて料理店を売り払い、チェーンのスーパーにしてしまった。今でいうなら、コンビニである。スーパーの店主なら、料理の腕が悪くても経営できるだろうとの考えだったが、それもうまくいかず、体を壊し、永らく入院したものの、五十歳で病死してしまったという。現在そのスーパーは、木村健治の甥《おい》にあたる木村悠太《ゆうた》が、夫婦で経営していた。

県警の藤田警部は、若い刑事を連れて、この木村悠太に会いに行った。生死だけなら戸籍でもわかるが、戦争中のことや坂西勝利との接触を確認しなければならない。

甥の悠太は、病死した叔父、木村健治のわずかな遺品を、大事に保存していた。

「叔父の自慢は、西鉄ライオンズの選手だったことと、十七歳の若さで特攻隊員だったこと、その二つでした」

と、木村悠太が話してくれた。

木村健治十七歳の、特攻隊員としての写真と遺書は、今も知覧の特攻平和会館に飾られているが、そのコピーが、甥の木村悠太の手元にも、大切に保管されていた。西鉄ライオンズで活躍していた頃の、新聞や雑誌の切り抜きも、まとめられていた。

「叔父の人生を考えると、人間の運、不運というのは、おかしなものだと思いますね」

と、悠太がいう。

「特攻隊員で死ぬつもりだったのに、死なずにすんで、戦後を五十歳まで生きてきた。それなのに、十七歳の写真や遺書が、一番の自慢だというのですから」

「それは、どういう気持ちなんでしょうね？」

と、藤田がきいた。

「特攻隊員と西鉄ライオンズの選手、その二つが、叔父にとって青春だったと思うんです。『俺には青春が二回あった』と、よくいっていましたから」

と、悠太がいった。

「特攻隊員だった十七歳の青春ですか」

「言わせてもらえば、戦争なんか、つまらないと思いますがね。つらいだけの戦争の思い出が、どうして青春なんだろうと思います。ですが、叔父にとっては、十七歳の特攻隊員という青春は、ものすごく貴重なものだったようです」

「同じ特攻隊員だった人で、戦後になっても付き合いのあった人はいませんか？」

藤田は、坂西勝利を念頭に、きいてみた。

「そういえば、一人だけ奇妙な戦友がいると言っていましたね。確か、その人から手紙が来ていたはずです」

木村悠太は、遺品の入った箱から、その手紙を取り出して見せてくれた。

封筒に入った手紙である。かなり古い物で、その差出人の欄に「坂西勝利」とあったのを見つけて、藤田は小躍りした。これで二人が戦後も接触を持っていたことが、証明されたからである。もちろん、二人がどんな関係だったかは、読んでみなければわからない。そう自制しつつ、藤田は中の便箋《びんせん》を取り出して、目を通した。

木村健治様
一年前に、愛する西鉄ライオンズのグラウンドに行き、選手の練習を見ていた時、その中に君の顔を発見して愕然《がくぜん》とした。
もちろん、君が戦後西鉄ライオンズに入り、活躍しているのは、新聞やテレビで知っていた。だが、実際に目の前にして、驚いたのだ。

もう一度、顔を合わせる覚悟がなかったのだろう。すぐに逃げ出そうと思ったが、君の方から声をかけてくれたので、緊張がほどけて嬉《うれ》しかった。「待てよ。二人とも生き残った点では一緒だよ」と、君はいってくれたね。

私は卑怯者として知覧を追われ、陸軍航空隊の名簿から抹消されたが、自分の愛機のエンジンを壊して、死を逃れるような真似《まね》をした覚えは、全くないんだ。しかし、いくら弁解しても、隊長も司令も全く聞いてくれなかった。

絶望に襲われて自殺を図ったが、死にきれなかった。この年まで、生き恥をさらして生きてきた。だが、今でも私は、あれは濡《ぬ》れ衣《ぎぬ》だったといいたいんだ。

幸い君が同じ知覧にいて、一緒の陸軍少年飛行兵出身で、同じ十七歳だった。何か私について、噂でもいいから、耳にしたことがあったら教えて欲しい。今でも私は、「卑怯者」とか「非国民」と言われたのが、悔しくて仕方がないのだ。

君に頼まれた借金の件、何とかお金の都合がつくので送ることにした。それで恩を売るわけではないが、私の無実を証明する手掛かりがあったら、どんな小さなことでもいいから教えて欲しい。お願いだ。

坂西勝利

昭和三十五年三月

これが、木村健治宛《あ》てに届いた坂西勝利の手紙だった。

「この手紙、読みましたか？」

藤田は、木村悠太にきいた。

「何回も読みましたよ。しかし、そこに書かれている卑怯者とか、非国民とかいう言葉は、よくわからないんです。叔父に言わせれば、あいつも俺も、特攻の生き残りであることには変わりはないんだ、となるんですから」

「木村健治さんは、よくそんな話をしていたのですか？」

「酔っぱらうと、よくいっていましたよ。僕は聞き流していましたがね」

「この手紙の日付は昭和三十五年三月になっています。その頃、この坂西という人が、あなたの叔父の健治さんに会いに来たことはありますか？」

「僕は、その頃まだ子供でしたから、よくわかりませんね。ただ、亡くなった父から、そんな話は聞いたことがありません。手紙も、この一通しか残っていません」

と、木村悠太はいった。

これで、三つの事実がわかった。

一つは、昭和三十四年に、坂西勝利と木村健治の二人は、西鉄ライオンズのグラウンドで再会して、旧交を温めた。その再会は、なごやかなものだった。

二つ目は、坂西勝利は、特攻出撃の前日に、自分の飛行機のエンジンを壊して、死を免れた事件について、濡れ衣だと主張していたこと。

三つ目、木村健治は、坂西から借金をしていた。その借金にかこつけて、坂西は、木村に頼み事をしていた。それは、濡れ衣を晴らすための手掛かりをつかんで欲しいということだった。

この事実を、藤田は、すぐ東京の十津川に知らせた。

十津川の反応は早かった。

その日のうちに、ひとりで福岡に飛んでくると、十津川は、自分も木村健治の甥に会いたいといって、半ば強引に木村悠太の家に案内させた。

木村悠太の方は、東京の刑事までやってきたので、これは大きな事件なのだと思ったらしい。

「叔父が重要人物なのですか？　それとも坂西勝利という人が、ＶＩＰなのですか？」

そんな質問をしてきた。

十津川は苦笑して、

「ＶＩＰということではなく、事件が七十四年にわたることなのです」

「七十四年前というと、叔父の木村健治が特攻隊員で、毎日死ぬことを考えていた時のことですね」

「そうです。その時に起きたことが、現在の殺人事件にまで関係してきているのです」

「しかし、叔父は、七十四年前に特攻で死んだわけじゃありませんよ。運良く生きのびて、西鉄ライオンズで活躍しているんです。昭和二十年に特攻隊員だったことが、殺人事件の原因になっているとは、僕にはとても信じられません。それに、特攻隊員だった時の自分を、叔父は否定するどころか、自慢しているんです」

「問題は、木村健治さんではなくて、手紙の差出人の坂西勝利さんだと、われわれは考えているのです」

と、藤田がいった。

「確かに、坂西さんは手紙の中で、叔父に頼み事をしていますね。それに関係することですか？」

「そう考えています」

「坂西勝利さんのことは、亡くなった父からも聞いたことがあります。叔父は死ぬチャンスに恵まれずに、結局死ねずに戦後を迎えたそうですが、坂西さんは卑怯な振舞いがあって、特攻隊員からも知覧基地からも追放されて、結局、生き残ったと話していました」

「それを聞いて、どう思いました？」

と、十津川がきく。

木村悠太は笑った。

「僕からいわせてもらえば、理由はどうあれ、十七歳で死なずにすんで、よかったじゃないかと思いますがね」

「坂西勝利は、死ぬのが怖くて、自分が乗るはずの飛行機のエンジンを故障させたといわれたのです。そんな恥ずべき行いをしてまで生き延びたというので、卑怯者という汚名を着せられて、戦後を迎えています。それが、その後の彼の人生に、暗い影を落し続けたことは間違いないのです」

「七十四年間も、ですか？」

「そうです。その間、坂西さんは、一度も知覧を訪れていないし、ひとり娘にも、戦争や特攻についての話をしたことがないのです」

「僕には理解できませんね」

「あなたは、どう思いますか？」

「僕の話なんか、何の参考にもならんでしょう？」

「殺人事件は、現代に起きているんです。だから、あなたの意見も、聞いてみたいのです」

「僕の意見は単純ですよ。死ぬべきところを助かったんだから、何はともあれ、儲《もう》けものと思うべきですよ。特攻は立派かもしれませんが、死んだら終りですからね」

「死ぬはずだったところを、ずるをして自分だけ助かった。それでもですか？」

今度は、藤田がきいた。

「もちろんです。人間の生よりも大事なことがあるとは、僕には思えません。だから、坂西さんが何とか死をまぬがれ、生きたいと願って、あれこれ細工したのだとしても、人間として当然だと思います。生き死にというのは、誰も邪魔できない絶対の権利だと思いますから。そもそも人に死ねと、どうして命令できるのでしょう」

悠太が答える。見た目や口調は若いが、悠太も還暦過ぎである。若者というわけではない。それでも、坂西勝利の価値観とは、正反対といってよかった。

「木村健治さんは、特攻隊員だった頃の話をよくしていましたか？」

「ええ、自慢話をね。よくいっていたのは、死ぬのが怖くなかったということですね。

それに、戦争に負けるとは思っていなかったと。僕には、二つとも不思議でした」

「どうしてですか？」

「十七歳ですよ。叔父の酒に付き合っていた大学生の頃の、僕の年と大して違わないんです。その頃の僕は、自分が死ぬなんて考えてもいなかったけれど、いざ死に直面したら、どうしようもなく怖かったはずです。もう一つ、叔父にいわせると、あの時点で勝てる感じはなかったが、負けるとも思わなかったというのです。わけがわかりませんよ。じゃあ、どうなると思っていたのかときけば、勝ちも負けもせず、戦争は永久に続くと思っていたというのです。その永久の中に、自分の特攻死は残っていくと思っていたと、そんなことをいっていました」

「どう思いました？」

「全く理解できませんでした。叔父自身にも、よくわかっていなかったんじゃありませんかね。それでも、幸福な時間だったのだろうとも思います」

「どうしてですか？」

「死ぬことを幸福だと信じられたんですから。今の時代のように、いじめられて自殺したり、貧乏や孤独の中で死んでいったりするよりは、死ぬことに価値があった時代だったのでしょうね」

十津川は、小さく溜息《ためいき》をついて、いった。

「具体的な話をしましょう。木村健治さんは、坂西さんから本当に借金をしていたんでしょうか？」

「していたと思いますよ。叔父の酒、女、借金は有名でしたから」

と、木村悠太は自慢するように答えた。

「どのくらい借りていたんでしょうね？　その借金は返したんでしょうか？」

「わかりませんが、父から聞いたことがあります。叔父は、何日か知覧に行くことが、時々あったそうです。その度に、『肩身が狭いから』とか『利子代りだ』とか、いっていて、父には、わけがわからなかったそうです。その割に叔父は嬉しそうだったそうで、今にして思えば、あれは旅費がたっぷり出ていたのかもしれませんね」

「木村健治さんは知覧で何をしていたんですかね？」

と、藤田がきく。

「戦争中のことを知っている人に話を聞いたり、町の長老と呼ばれる人を訪ねたりしていたそうです」

「具体的な相手の名前は、わかりませんか？」

「それはわかりません。特攻平和会館の館長と会っていたのかもしれませんね」

と、悠太はいう。

「もう一度、知覧に行ってみますか?」

と、藤田が十津川を見た。

4

二人は、すぐに知覧に出かけた。

これで、何回目の知覧だろうか?

不思議な気がする。

殺された坂西勝利は、戦後一度も、知覧を訪れていなかった。

九十歳を過ぎて、初めて知覧に行く決心をした。その途中の列車の中で、彼は殺されてしまったのである。

戦後、坂西は、とうとう一度も、知覧に行くことはなかったのだ。

それなのに、知覧と何の縁もない十津川と藤田は、すでに何回も行っているのだ。

それだけに、坂西勝利が一度も行かなかった、いや、行けなかったことの重さを感じてしまう。

太平洋戦争についても、特攻についても、さまざまな意見がある。戦争そのものについて、肯定派は、自由のための、やむを得ない戦争だったといい、欧米諸国からのアジアの解放が目的だったという。

否定派は、無謀な、必要のない戦争だったという。そのために、三百万人を超える日本人が死に、それ以上の他国人を死なせてしまった。

坂西勝利は、戦争を、いったいどう考えていたのだろうか？

十七歳の時に、どう考えていたのかも知りたいし、九十歳を過ぎて、知覧行を決意した時に、どう考えていたのかも知りたかった。

それがわかれば、彼が殺された理由の見当がつくかも知れないと思うからだった。

いつものように、鹿児島中央駅からバスで知覧に向かう。

バスの中は、東京から来たらしい観光客で一杯だった。やたらに賑《にぎ》やかである。しかし、彼らは知覧に行くのではなく、その先の指宿《いぶすき》に行くのだという。温泉地である。

その賑やかさに辟易《へきえき》して、二人は途中でバスを降り、歩くことにした。

家屋のまばらな田舎道を歩く。

誰にも会わない。

ふと、爆音が聞こえたので、立ち止まって空を仰ぐと、頭上高く、双発の旅客機が南へ向って飛んで行くのが見えた。

「沖縄行ですかね」

と、藤田が呟《つぶや》いた。

第六章　昭和二十年の真実

1

十津川と藤田の二人が、知覧の特攻平和会館に入っていく。

ここに来る度に、緊張し感情がゆすぶられてしまう。飾られている特攻隊員たちの顔があまりにも若く、それに妙に明るく見えるからだ。

彼らのほとんどが、若いまま、死んでいるのだ。

木村健治の十七歳のときの写真もあった。彼は幸運にも、生きて戦後を迎えたのだが、それでも、特攻隊員だった時の顔は若い——、そして明るい。

「とても、今回の事件に関係があるようには見えませんね」

十津川がいったが、藤田は、

「何もなければ、今回の事件は起きていませんよ。坂西勝利が特攻隊員として、この基地にいた時、同じ十七歳の木村健治との間に、何かあったんですよ」

と、主張する。

これまで何度もみたように、特攻平和会館に、坂西勝利の写真はない。

存在しない写真に思いを馳《は》せながら、十津川は「陸軍少年飛行兵十五期生の仲間」と題した写真をみた。

十七歳の特攻隊員たち四人が、顔を突き合わせている写真だ。

中年の女性を囲んでいる。その中に木村健治もいたが、坂西はいない。

母親のように、ニコニコしている中年の女性のことを、十津川は知っていた。知覧基地について書かれた資料の中に、基地近くの食堂の女性が、若い特攻隊員たちから母親のように慕われていたと、あったからである。

「確か、彼女の孫夫婦が、今もこの近くでカフェをやっていると聞いています。あとで会いに行きましょう。何か参考になる話を聞けるかもしれません」

と、十津川がいった。

十津川たちは、受付に行って、館長に面会を求めた。

既に面識のある二人である。すぐに館長室に通されたが、すぐにがっかりさせられることになった。

今の館長は、木村健治に会ったことはないといった。当然である。木村健治は四十年以上前に亡《な》くなっているし、彼が知覧を度々訪れていたのは、さらに昔のことになるのだ。

それは十津川たちも織り込み済みで、以前の館長を紹介してもらおうと考えていた。

しかし、十津川たちの話を聞いた館長が、とまどったようにいった。

「木村健治さんが知覧を訪れていたのは、いつ頃のことなんでしょうか？」

「おそらく、昭和三十五年から数年間の間のことだと思われます。なんといっても、木村さんは昭和五十三年に五十歳で亡くなっていますから、それより前であることは確かです」

館長が困った顔になった。

「この知覧特攻平和会館は、昭和六十年度から建設が始まったのですよ。その前に、『知覧特攻遺品館』という施設がありましたが、こちらも昭和五十年の開設です。絶対とはいえませんが、少々時期が合わないようですね」

昭和五十年頃には、木村健治はすでに体を壊していたはずだ。坂西勝利に借金した時期ともかけ離れているし、晩年に知覧を訪れていたとは考えにくかった。

木村健治は、おそらく坂西の頼みで、知覧を何度も訪れていた。しかし、その目的地は、特攻平和会館ではなかったのだ。

十津川たちは、館長に礼をいって辞去し、先ほどの写真で見た女性の孫夫婦を訪ねてみることにした。

孫夫婦は、特攻平和会館から歩いてすぐの場所で、カフェを開いていた。

その店にも、特攻平和会館にあったのと同じ写真が、カットを変えて、何枚も飾られていた。ただ、一枚だけ、見覚えのない写真があった。

陸軍少年飛行兵十五期生たちが写っている写真だが、その中に、坂西勝利も入っているのだ。十津川は衝撃をうけた。特攻平和会館で探し続けた写真が、目の前にあるのだ。

特攻死した安田太郎も、終戦を生き延びた木村健治も、笑顔で写っている。

「この写真には坂西さんが写っていますね」

と、十津川がいうと、夫の方が、

「亡くなった祖母は、あの坂西君が卑怯《ひきょう》な真似《まね》をするはずがないといっていました。死ぬのが怖くて、自分の飛行機のエンジンに小石を投げ込むなんて、そんな馬鹿《ばか》なことをするわけがないと。それで、この写真を手に入れて、大事に持っていたんです」

「いつも、ここに飾っているんですか？」

と、藤田がきく。

「いえ。普段は倉庫に保管しています。祖母が大切にしていたものですから。坂西勝利さんが殺されたと聞いて、飾ることにしたんです」

「木村健治さんも写っていますが、ご存じですか？」

これは、十津川がきいた。

「もちろん、知っていますよ。運よく死なずに、戦後、西鉄ライオンズの内野手として活躍していますからね。何回か訪ねてきたことがあったそうですよ。まだ祖母が食堂をやっていた頃ですが」

「その時、どんな話をしていたか、聞いていますか？」

「坂西さんの話を、よくしていたそうです」

「たとえば？」

「あいつは、死ぬのが怖くて愛機のエンジンを壊すような真似は絶対にしない。でも、自分には、飛行隊長の前で、坂西を弁護する勇気がなかった。そのことを、いつも彼に申し訳ないと思い続けていたと、そんなことを祖母に話していたそうです」

「申し訳ないことをしたと、本当にいっていたんですか？」

「そうです。今度こそ、彼に会ったら、謝るつもりだといっていたそうですよ」

と、相手はいった。

十津川は、藤田と顔を見合せた。

昭和三十四年、坂西が福岡に行き、西鉄ライオンズのグラウンドで、木村健治と戦後、初めて会っている。しかし、あまりに突然で、木村は坂西に謝ることができなかったのだろう。

それでも、木村の気持ちは、坂西に伝わったはずだ。坂西は、それまでの鬱屈《うっくつ》した気持が救われたのではないのか。

だから、木村に借金を申し込まれた時、喜んで貸したのではないのか。

坂西勝利は、西鉄ライオンズの三連覇に勇気づけられたといっていたが、それと同時期の木村との再会に救われたのだろう。

「どうやら、木村健治は、今回の事件には無関係のようですね」

と、少し間を置いて、藤田がいうと、十津川は肯《うなず》いた。

おそらく、木村と坂西の間には、何のわだかまりもなくなっていたのだろう。昭和二十年、知覧基地の坂西に何が起きたとしても、そしてそれが現在の事件にどのように尾を引いているとしても、木村健治とは無関係だ。

確かに藤田のいう通りだが、十津川が肯いた理由は、木村健治の写真にあった。そこに写る木村の純真な若い眼差《まなざ》しが、十津川を肯かせたのである。

今回の事件で、十津川は「特攻」について勉強した。最初に感じたのは、彼らの若さだった。

十七歳から二十四、五歳くらいまで。皆、若い。その事実が、痛ましくも勇ましくも映る。

しかし、彼らの日記や手紙などを読んでみると、彼らの悩みが一様でないことも、わかってくる。

十津川が一番知りたいのは、どうやって死ぬことを納得したかということだった。

上官から「国のために死んでくれ」といわれて、簡単に「はい、わかりました」といえるのだろうか。

「危険な仕事を頼む」といわれるのとは、まったく違うのだ。決死ではなく、必死である。これからの人生が失われることを思えば、決心をつけるには時間が必要だろうし、決心がつかずに逃げた者もいたはずである。

十七歳の特攻隊員はどうか。十津川は、年若い彼らは、実はそこまで悩まなかったのではないかと考えた。

彼等は十五歳で志願して、陸軍少年飛行兵になった。海軍なら予科練である。二年間の訓練のあと、本来なら戦闘機乗りになるか、爆撃機に乗るかの二択だったのが、戦局の逼迫《ひっぱく》から、特攻隊員として、九州の特攻基地に回された。二年間、軍人精神を叩《たた》き込まれたあげく、特攻隊員を命ぜられたとしても、さほど人生への未練を感じることはなかったのではないか。

十代なら、まだ妻子もなかったろうし、友だちとの関係が一番だっただろう。その残酷さを別にすれば、仲間で特攻するということに、恐怖はないように思うのだった。

2

こうなると十津川は、残る神山一平について、改めて調べ直さざるを得なくなった。

正直にいって、十津川は、木村健治ほど、期待は持てない気がしている。だから、後回しにしていたのである。

神山一平は、何といっても坂西勝利と年齢が違っている。坂西が突然、卑怯者といわれ、非国民と罵倒《ばとう》された時、神山一平は二十二歳だった。坂西より五歳も年上である。

この年齢の差は、決定的だと思われた。

同じ特攻基地にいたとしても、十七歳と二十二歳が、親しくつき合っていたとは思えなかった。

果して、この二人に接点はあったのだろうか？

神山一平もまた、木村健治と同様に、全盛期の西鉄ライオンズのプレイヤーとして活躍していた。神山の球歴から調べていくのが自然である。すると、以前調べた内容に、誤りがあることがわかった。

戦後は新制高校となり、高校野球が花形になったが、戦前、戦中にかけては、学制が五年生の旧制中学なので、全国中等学校優勝野球大会が、今の高校野球全国大会に相当した。同じように華やかだった。

調べてみると、神山一平は、大分県の中学校に入学。二年の時から、野球部のレギュラーになっている。それも三塁手で四番である。守備もうまければ、打撃も素晴らしいというので、新聞にも、しばしば中等学校の英雄として取り上げられている。全国中等野球大会にも、大分中学の四番として出場している。

大分中学を卒業すると、六大学のN大に入り、ここでも一年の時から、N大野球部のレギュラーになっている。三塁手で、三番である。N大が六大学で優勝した時には、最優秀選手として表彰されている。将来を嘱望されていたに違いない。

ところが、N大時代に太平洋戦争が始まってしまい、昭和十八年十月には、学徒出陣にぶつかっている。これまでの調べでは、民間の航空機製造会社に勤務したのちに応召したとされていたが、こちらが正しい情報のようだ。長い年月が経《た》っているので、記録の読み違いがあったのかもしれない。

神山は法学部生だったが、成績の優秀さを買われ、陸軍に配属されてからは、航空機のエンジン研究と整備の仕事をしていた。だが、各地で敗戦が続くと、二十二歳の時、九州の特攻基地に回された。陸軍の特攻機「隼三型」の整備や修理など、整備兵の一員として働いていた。もちろん、坂西勝利や安田太郎の所属していた「振武隊」の特攻機の整備も担《にな》っていた。整備班長であった。

戦後の神山一平は、九州のノンプロ野球で活躍する。西鉄ライオンズが誕生すると、同時にスカウトされて入団。球団としては、特に守備に優れているので、すぐにレギュラーになると思って採用したのだが、プロとしては打撃が物足りなかった。二軍暮しが続き、三十六歳で引退した後、二軍の内野守備コーチとして、三年間勤めてから退団している。

「やはり、この神山一平は、事件とは関係ないんですよ」

と、藤田が残念そうにいった。

確かに、神山と坂西の間に、直接的な接点は見つからない。陸軍の特攻基地知覧で、坂西勝利が問題を起こして、追放された時、神山一平も同じ知覧にいた。ただし、特攻隊員ではなく、整備班長である。そして、坂西の事件に関する誰の話にも、神山一平の名前は出ていない。

それでも十津川は、藤田の言葉に、すぐに賛成しなかった。

「この、神山一平の華やかな球歴、特に戦前から戦中にかけての活躍が、どうも気になるんですよ。大分中学の時はサードで四番、走攻守いずれも素晴らしい選手と評価されています。その後はN大に入り、三番サードとして六大学野球で活躍しています。この頃は、守備よりも打撃の方で、名前が出ているんです」

「しかし、華やかな時代は短かったんじゃありませんか？　昭和十八年十月の学徒出陣で、陸軍に召集され、終戦時には九州の特攻基地知覧へ配属されていました。しかし、いくら調べても、坂西勝利が事件を起こした時に、神山一平の名前は出てこないんです」

「確かにね。戦後、彼はノンプロに行きましたが、この時期は彼にとって、雌伏の時代といってもいいかもしれません。西鉄ライオンズが誕生すると、球団の方から神山一平を迎え入れています。大分中学の時代や六大学時代の素晴らしい活躍を憶《おぼ》えている球団関係者が、彼を西鉄ライオンズに必要な戦力と考えたからでしょう」

「しかし、西鉄ライオンズでは、最初から最後まで二軍ですよ。坂西勝利が、新聞やニュースで彼の活躍を見る可能性もありません。どう見ても、坂西とは関係ないんじゃありませんか」

「中学時代、N大時代、あれほど打撃が素晴らしかった男が、プロ野球に入って、なぜ打てなくなったのか。そこがどうしても引っ掛かるんですよ」

「わかりました」

と、急に藤田が小さく肯いて、

「九州の特攻基地知覧での生活で、神山一平は身体《からだ》のどこかを壊した。そういいたいわけですよね？　確かにそういう例は、いくらでもあります。あの有名な沢村栄治も、陸軍で手榴弾《しゅりゅうだん》の投擲《とうてき》をやらされたお陰で、肩を壊してしまったといわれますからね。神山一平も、特攻基地での過酷な生活で、どこか身体を壊してしまい、プロに入ってからは、打撃に支障を来して、二軍暮らしになってしまった。その可能性は、確かに考えられますが、坂西勝利の事件と関係がなければ、今回の捜査で取り上げる必要はないでしょう」

と、藤田はいった。

それが正論であることはわかっていたが、十津川はもう一度、知覧の特攻平和会館に行き、神山一平について調べることにした。藤田警部は、

「あまり期待はできませんよ」

といいながらも、付き合ってくれた。

とはいえ、特攻平和会館だから、特攻隊員は大きく扱われているが、整備隊のことは、わずかしか扱われていない。それでも、「自分たちの整備した特攻機を見送る整備隊員」という写真が残っていた。整備班長の神山一平が手を振って、自分たちが整備した特攻機「隼三型」が離陸するのを見送っている。神山一平の写真は、それ一枚だった。

いくら調べても、坂西勝利との関係はわからない。あのカフェの孫夫婦にも尋ねてみたが、神山一平が写っている写真はないという答えだった。祖母の口から、神山の名前を聞いたこともなかったそうだ。若い特攻隊員たちとは、年齢も違う。そういっ

た関係もあったのかもしれない。

そこで次に十津川は、西日本鉄道の本社に行き、もう一度、西鉄ライオンズの選手について、話を聞くことにした。

広報部長は、神山一平内野手の資料を取り出して、見せてくれた。

「西鉄ライオンズが誕生した時、とにかくすぐに使える選手を集めなければ、球団として成立しなかったのです。特に内野手は、守備と打撃と走塁の三つが揃《そろ》っていないと、試合に勝てません。大学、高校の選手やノンプロの選手を探し回りました。その中に神山一平がいたのでしょうね。中等野球や六大学野球で活躍した神山一平の名前は、戦後もよく知られていました。その神山一平が、九州のノンプロで活躍している。それを知って、皆、小躍りしたようです。当時の球団関係者の回想録によると、神山を見つけるとすぐに、西鉄ライオンズへ入ってくれるように頼んでいます」

「それで、神山さんはどうしたんですか？」

十津川がきく。

「簡単には承諾しなかったようですね。自信がないといっていたようですが、こちらが強く推すと、最後には入団してくれました。戦前、戦中の有名選手でしたから、入団の時には、多くのマスコミがやって来て、何枚も写真を撮ったようですね。当時の監督も、大いに期待していたようです。ところが、いざ実戦になると、守備はいいのに、なぜか打てないんですよ。打球が弱く、ヒットが出ない。そこで二軍へ降格です。それ以降は、ずっと二軍のままで、一軍に上がることなく引退し、二軍のコーチになりました。誰もがとまどっていた様子が、回想録にも書かれています。あれほど中等野球や六大学で活躍した神山一平が、どうしてプロで打てないのかわからない、と」

「戦争の間に肩を痛めた、といった事情ではないんですか？」

十津川の問いに、広報部長はあっさりと答えた。

「それはありませんよ。守備では三塁を守っていたんですが、矢のような球を一塁に向かって投げていましたからね」

「それなら、どうして打てなかったんですか？」

「監督もコーチも、それがわからなかったと記されています」

「神山一平本人は、わかっていたんですか？　なぜ打てないのか」

「どうですかね。なぜ打てないのか、その理由を自分で口にしたことは、なかったようです。とにかく打てない、しかし守備はいい。それで長い間、二軍にいたんですよ。二軍でも、ついに打てなかったから、とうとう自分から申し出て引退したようです。ただ、守備の名手でしたから、その後、二軍の内野守備コーチとして、三年間球団に在籍し、それから退団しています」

「辞めた後の消息は、わかりますか？」

「前にもお話ししましたが、よくはわからないんです」

と、広報部長はいった。

神山一平は、ほぼ最初から最後まで二軍の選手だったが、それでも何枚かの写真が残っていて、それを見せてもらえたのが、わずかな収穫だった。

十津川と藤田の二人は、もう一度詳しく、神山一平の戦中戦後の経歴を追うことにした。まず、彼が中学生の時に頭角を現した大分の中等学校である。ここは戦後、高校になり、現在は統合されて、跡形もなくなっていた。

そこで十津川たちは、N大に行き、戦争中の神山一平について、話を聞いた。

N大では、橋口《はしぐち》という事務長に会った。自分が生まれる前のことまで調べている、六大学野球のマニアだった。神山一平の名前を出すと、橋口は興奮した口調で、二人の警部にいった。

「N大野球部の歴史の中で、私から見ても、神山一平選手は、最高の三塁手だと思いますよ。身長は一メートル七五センチと、今の野球選手としてはやや小柄ですが、走攻守いずれも一流。もし戦争がなければ、N大の野球部が六大学野球で三連覇したのではないか、そんな気もしているんです。彼が在学している間なら、それも可能だったかもしれません。そう考えると、返す返すも戦争が憎らしいですよ」

「大学では、法律を勉強していたと聞きましたが」

「本学に残っていた成績をみると、いわゆる文武両道の優秀な学生だったようです。専攻は民法ですね」

「昭和十八年十月の学徒出陣の時に、学業半ばで応召されたんですね？」

「そうです。雨が降りしきる明治神宮外苑《がいえん》競技場での学徒出陣式に、彼も出ていたと記録にあります。軍隊に入ると、最初は陸軍の研究所に回されています。いよいよ戦局が逼迫してからは、九州の陸軍の特攻基地に回され、そこで特攻機の整備をやっていたんです。その時、二十二歳。整備班長だったと聞いています」

「終戦になり、神山さんは九州のノンプロ球団に入りましたね」

「そうなんですよ。大学に戻って来て、改めて法律か航空機のエンジンについて研究してもよかったと思うのですが。彼なら、どちらの道に進んでも、十分に仕事ができたと思いますね。しかし彼は、地元九州のノンプロ球団に入りました。たぶん戦後になってプロ野球が復活したら、プロの選手になりたいという希望を持っていたのでしょう。それがうまくいかなかったので、ノンプロ球団に入ったんだと思います。結局は西鉄ライオンズに入ったんですから、希望を叶《かな》えたんじゃありませんかね」

と、橋口がいうと、十津川が疑問を投げた。

「私がおかしいと思うのは、橋口さんによれば、大学時代は走攻守揃った三塁手だったわけです。それがなぜか西鉄ライオンズでは、最初から最後まで二軍暮らしが続き、結局二軍の守備コーチになって、その後、三年で退団していますね。なぜ西鉄ライオンズでは、一軍で活躍できなかったんでしょうか？」

「私もそれが不思議で仕方がなかったのです。私は年代が違いますが、当時の本学野球部の監督がまだ存命の時に、少し聞いたことがあります。その監督は、西鉄ライオンズの二軍の試合を見に行っているんです。その時に撮ってきた写真と8ミリフィルムを、私が譲り受けて持っているんです」

橋口は、8ミリフィルムをデジタルに変換した画像を見せてくれた。西鉄ライオンズの二軍の試合である。二軍で神山は三塁手として出ていて、二番や八番を打っていた。強打者の打順ではなかった。

「神山さんは、本来二軍なら、絶対に四番を打つ選手ですよ。それが二番や八番を打ったりしている。それがこのフィルムで、よくわかります」

と、橋口はいった。

不思議な試合だった。

神山三塁手は、守備では華やかなプレーを見せるのに、打席では、どうしてもヒットが出ないのだ。凡打の連続である。これでは、いかに守備がうまくても、三番や四番では使えない。

「どうして打てなかったんですかね」

藤田警部が、首を傾《かし》げる。

「戦争の影響ということはないんですか？」

と、十津川もきいた。

「私も、最初は戦争の影響かなと思いました。兵隊にとられて肩を壊し、野球人生を棒に振った話は、よくありますからね。しかし守備を見る限り、肩を壊しているとは、とても思えない。このフィルムを撮った監督に、私も当時聞いたんですよ。そうしたら、理由を教えてくれました」

「どこが悪かったんですか？」

「耳ですよ。実は神山さんは、西鉄ライオンズでは、ずっと隠していたらしいんですが、左の耳が聞こえないんです。守備では、それほど響きませんが、打撃では大変だったそうです」

「耳が打撃に影響するんですね」

「そうなんですよ。彼は右バッターですから、聞こえない左の耳が、ピッチャーに向いてしまう。そうなると、とても打つのが難しくなってくる。タイミングが取れないんですね。仕方なく、左バッターに転向する練習もしていたようですが、やはりうまくいかない。それで選手を引退して、コーチになったんです。あれだけの選手が、プロでは全く活躍できなかった。さぞ悔しかったと思いますね」

「その二軍コーチも三年で辞めて、退団していますね」

「そうなんです」

「その後の彼がどうしたのか、わかりますかね？」

十津川が、きくと、橋口が頷《うなず》いた。

「神山さんは、西鉄ライオンズに入団した時には、結婚していました。奥さんの名は綾子《あやこ》さんだと記録があります。退団した後は、奥さんの実家が、京都の烏丸《からすま》六角の近くで会社を経営していたので、神山さんも、その会社で働いていたと聞いています。生け花の花器などを扱う会社だったようです。ただ、五十歳の時に行方不明になり、その後のことは聞いていません。野球関係者の間では、誰も知らないのかもしれません」

七十代でガンで亡くなったという噂《うわさ》も報告されていたが、どうやら事実とは異なるようだ。もともと坂西と神山の関係は薄いと考えていたので、調査も甘かったのだろう。

そこで、十津川と藤田警部は、京都に移動した。西鉄ライオンズを退団した後の神山一平について、家族から話を聞くためである。

3

京都の町を東西に走る四条通は、京都で最も賑《にぎ》やかな通りである。その四条通に対して、細い通りが南北に走っている。その内の一つ、東洞院通《ひがしのとういんどおり》を北に進み、六角通りを西に曲がると、聖徳太子《しょうとくたいし》で有名な六角堂がある。その周辺は、生け花の家元が、軒を連ねる地域でもある。

神山一平の妻、綾子の実家が営んでいた花器の会社も、六角堂の近くにあった。六階建てのマンションを管理し、その一階が生け花の花器を扱う会社になっていた。

すでに神山一平も、妻の綾子も亡くなっているが、会社は健在だった。三十五歳で会社の社長になっている孫のかおりが、十津川たちに応対してくれた。

「これは、祖母から聞いた話なんですけど、祖父が五十歳になった時に、突然、行先も告げずに、家を出てしまったそうなんです。祖母も必死になって捜しましたが、見つからなかった。心配していると、一ヶ月経って、突然帰って来たそうです。ひどく疲れた様子で、その十日後に、心不全で亡くなったというんです。祖父がなぜ突然家を出たのか、一ヶ月間どこにいっていたのか、詳しいことは、祖母からは聞かされていません。ただ、戦争中のいざこざに、関係があるらしいという話は聞いています。どんないざこざなのかは、残念ながら私は聞けずじまいでした」

かおりにとっての祖父が神山一平、祖母が綾子である。

十津川は、確認するようにきいた。

「神山一平さんは、ある日突然、家を出て、一ヶ月後に突然、帰って来たんですね？」

「祖母は、そういっていました。私が子供の頃に聞いた話なので、細かいことはわかりませんが、一ヶ月というのは、はっきりと記憶にあります」

「そして、帰ってきて十日後に、心不全で亡くなったんですね。それもまた突然ですが、何か不自然な様子はなかったんですか？」

横から藤田が、しつこくきく。かおりは黙って考え込んでいたが、

「私が生まれる前の話ですから、後で聞いたことですが、祖父が亡くなった時、地元の京都府警が、死因を調べたそうです。事件になったとは聞いていませんので、特に不審なことはなかったのだと思います」

と、いった。

十津川と藤田警部は、京都府警本部に向かった。京都御所からも近い、府庁舎と同じ一画に、府警本部はある。そこに警視庁と福岡県警の二人の警部が突然訪ねて来て、今から四十年以上前の事件について、教えてくれというのだ。それでも驚いた様子も見せずに、大谷《おおたに》という警部が話してくれた。

「昭和四十八年の八月十六日の夜に起きた事件です。京都では有名な、五山の送り火の夜で、町中に人が出ていました。六角堂の近くに小さな公園があるんですが、そこで中年の男が倒れているのが発見されました。それが神山一平です。外傷はなかったようですが、不審死として事件性の有無を調べています。結局、病死として処理していますね」

「外傷はなかったのに、なぜ事件の可能性もあるとして調べたんですか？」

と、十津川がきいた。大谷が答える。

「なにぶん、私もまだ刑事になっていない時代ですが……この神山一平という人物は、亡くなる前に、一ヶ月間家出をしているんです。家人には何もいわず、突然姿を消し、一ヶ月後に帰って来た。そして、十日後の五山の送り火の夜に、突然死んでしまった。外傷はありませんでしたが、たとえば口と鼻を塞《ふさ》いで窒息死させる。そうやって殺したのではないか。そんなことも考えたのではないでしょうか。しかし、残念ながら、他殺の証拠は見つかりませんでした。そこで病死という結論で落着したようです。でも、何者かが被害者を呼び出し、家の近くの公園で殺したのではないか。そんな風に思いを巡らせる者もいたかもしれません」

「神山一平が西鉄ライオンズの選手だったことは知っていますか」

と、藤田がきいた。

「私も野球少年で、西鉄ライオンズのファンだったので、知っています。もちろん、現役時代を知っているわけではありませんが。捜査書類にも、その旨《むね》の記載がありますね。でも、彼が野球選手だったことと、五山の送り火の夜の死が、何か関係あるとは思えませんが」

「もう一つ、神山一平は、昭和二十年に九州の陸軍特攻基地、知覧で特攻機の整備をやっていたんです」

十津川がいうと、大谷は肯いて、

「それも、捜査資料に書いてあります。しかし、特攻基地といっても、機体の整備ですからね。二十二歳で終戦を迎え、その後、西鉄ライオンズに入団しているんですから、それほど屈折した暗い人生とも思えません。私も青春を野球に捧《ささ》げましたが、プロ選手になるだけの力はなかった。そんな私から見れば、神山一平の人生は恵まれているとしか思えませんね」

といって、大谷警部が笑った。

十津川の眼からは、神山一平は、不運な人間に見える。大学時代、六大学野球の花形だった。しかし、戦争のために、学徒出陣で陸軍に取られてしまった。そして、知覧基地で終戦を迎える――。

平和な時代になって、いよいよプロ野球で活躍できる時代が来たと思い、勇んで西鉄ライオンズへ入団したが、実力を発揮することなく、二軍で終わってしまった。不運だと思う。

そして、五十歳の時の不可解な失踪《しっそう》。一ヶ月経って帰って来たが、その十日後の、京都の五山送り火の夜、自宅近くの小さな公園で死んでいたという。もし誰かに殺されたとすれば、ひょっとすると坂西勝利の事件と繋《つな》がっていくかもしれない。だが、神山一平の死は、病死として処理されてしまっている。しかも、神山の死と、坂西の事件の間には、四十年以上の時間の壁があるのだ。

京都府警を辞した十津川と藤田は、東京と福岡に、それぞれ戻った。手詰まりだった。事件解決への手掛りが見えてこなかった。

解決の糸口が見えたのは、それから十日後のことである。京都の神山かおりから、十津川に電話がかかってきた。

「実は、十津川さんたちが見えてから妙に気になって、祖父母の思い出の品を整理していたんです。祖父の西鉄ライオンズ時代のユニフォームや靴などが入った、鍵《かぎ》のかかった箱があるんですが、その一番底の方から、気になるものが見つかったんです」

「気になるものといいますと？」

「封筒に『遺書』と書いてあるんです。おそらく祖父の字です」

神山一平の遺書――。

十津川と藤田警部は、東京と福岡から、それぞれに京都へ向かうことにした。

かおりの会社で落ち合い、問題の遺書を見せてもらうことになった。

遺書は封筒に入っている。そして封筒の裏には、

「この遺書は開封せぬ事」

と、書かれていた。

「遺書として残しているのに、開封するなというのは変ですよね」

と、かおりがいう。十津川が、

「開けていいのでしょうか？」

というと、かおりは真剣な表情で答えた。

「もちろんです。そのために、お二人に来てもらったのですから。私ひとりでは、到底、開ける勇気がありません」

神山一平の遺書には、次のように書かれてあった。


ここに書き遺《のこ》す内容は、私が死んだ後も公表しないで欲しい。ただ、私に絡《から》んで、何か事件が起きたならば、この遺書を公表しても構わない。

これから記す事は、全《すべ》て真実であり、一言の嘘《うそ》も無いことを誓う。

昭和二十年、学徒出陣で陸軍の航空隊に回された私は、九州の特攻基地、知覧の整備班長として勤務していた。

アメリカ軍が沖縄に上陸を開始してからは、連日のように、特攻機「隼三型」が出撃していく。その整備にあたる毎日だった。私は、当時の多くの国民と同様に、この戦争に反対ではなかったが、死んでいく特攻隊員を見送るのは、辛《つら》い仕事だった。時には、特攻隊員たちが殺気立って喧嘩《けんか》になり、相手を傷つける事さえあった。そんな若者たちが、次の日には特攻で死んでいくのだ。悲壮で残酷な話だが、美しい光景でもあった。いや、美しいと思うより他に、あの毎日を平気で送る事は出来なかったのだ。

そんな基地の中で、私が最も嫌いだった男は、青木《あおき》という二十五歳の航空士官学校出の中尉《ちゅうい》だった。傲慢《ごうまん》な男だった。航空士官学校出身を鼻にかけ、私たち学徒出身の者に反感を持ち、陸軍少年飛行兵上がりの十七歳の特攻隊員を馬鹿にして、何かといえば殴っていた。

私は整備班長として、特攻隊員の乗る特攻機の整備が任務だった。終戦間近になると、特攻機の故障も多くなり、整備も骨が折れた。オクタン価の低いガソリンを使うので、やたらにエンジン故障が起きた。そんなとき、青木中尉は、整備班長の私の責任だといって、私を呼びつけては口汚く罵《のの し》り、敵を利する非国民だと言っては、何度も殴った。

青木中尉は、特攻隊の隊長として、次に出撃する特攻隊員を指名する権利があった。その上、自分が気に入らない相手は、なにかと難癖をつけては殴る。

私の場合は、いつも左頰を拳《こぶし》で殴られ、時には軍刀で殴られたために、次第に、左の耳の聴覚が失われていった。

我慢が出来なくなった私は、青木への復讐《ふくしゅう》を考えた。青木隊長が率いている特攻隊「振武隊」が出撃するその前夜である。彼が乗る飛行機のエンジンに小石を投げ込んで、エンジンを故障させてやろうと思ったのだ。そうすれば、自分の飛行機のエンジンに小石を入れて、わざと故障させた卑怯者とみられるだろう。死ぬのが怖くなった臆病者《おくびょうもの》と誹《そし》られるだろう。

威張り返っている青木中尉が吊《つ》るし上げられる場面を想像しながら、彼の愛機「隼三型」のエンジンに、私は小石を放り込んだ。私は何よりも、彼を英雄として死なせることに我慢が出来なかったのだ。

しかし、私は間違いを犯した。青木の「隼三型」ではなく、他の特攻隊員の「隼三型」機のエンジンに、小石を投げ込んでしまったのだ。

朝の出撃の時になって、自分の過《あやま》ちに気付いたが、手遅れだった。私が小石を入れた飛行機に乗る予定だったのは、坂西勝利という十七歳の特攻隊員だった。陸軍少年飛行兵出身の特攻隊員である。彼の飛行機は故障を起こし、しかもエンジンから小石が見つかったのだ。坂西は、故意に飛行機を故障させた卑怯者、非国民と罵声を浴びせられた。振武寮に幽閉され、ついには自殺を試みたが、それも失敗し、貴様は自殺も出来ないのかと殴られて、陸軍飛行兵の肩書も引き剝《は》がされ、基地から追放されてしまった。いや、特攻隊から追い出されてしまったのだ。私の軽はずみな行動によって、坂西は死に場所を失い、行き場を失ってしまったのだ。本当に、彼に何と詫《わ》びればよいのだろうか。

坂西を除き、青木隊長以下十七機になった第八三振武隊は、沖縄に向かって出撃した。全機突入。青木隊長以下全員が英雄になり、神になったはずだった。

ところが一ヶ月後、青木隊長が基地に帰ってきたのである。アメリカ機動部隊に突入する直前、エンジン故障で近くの海上に不時着し、日本の漁船に助けられたというのだ。

そして終戦。青木は生き延びた。彼は不可抗力だというのかもしれない。しかし私は知っている。青木は、死ぬのが怖くなったのだ。それで突入直前でエンジンが故障したことにして、海上に不時着して、時期を窺《うかが》って帰って来たに違いないのだ。なぜなら、彼の飛行機は最良の整備がされていたのだから。隊の中でも一番状態のいい「隼三型」で、私がそれに能《あた》う限りの整備をしていたのだから。エンジンに小石を入れるしか、故障を起こさせる方法はなかったのだ。

悪運が強いというのだろうか。青木中尉は戦後、陸軍の特攻について、自らを英雄として描いた本を出版し、ベストセラーになった。

その上、資産家の友人と会社を興《おこ》し、実業家としても成功している。昭和二十五年に起きた朝鮮戦争での特需で大儲《おおもう》けした。そして共同経営者の友人を追放し、今や青木実業社長として君臨している。さらに、参議院議員にもなって、今では成功者にして名士である。

青木実業社長であり、参議院議員でもある青木政之《まさゆき》。その実体は、特攻隊長の時、部下を何かといっては殴りつけ、私の左耳を聞こえなくした酷《ひど》い男である。

それだけではない。『特攻の夢』なる本を書いて、名を売ったが、実は死ぬのが怖くて、不時着を装《よそお》って、逃げ帰った卑怯者なのである。

私は、こんな男が会社社長を名乗り、名士気取りでいることに、我慢が出来ない。いつか対決して、化けの皮をはがしてやるつもりだ。

これを神に誓う。

昭和四十八年文月

そして、神山一平の署名と血判。

十津川と藤田は、遺書を前に、小さく溜息《ためいき》をついた。

「たぶん、神山一平は、この遺書を書いたあと、青木政之という男に会いに行ったんだと思いますね。それが失踪の理由だったんじゃありませんか」

と、藤田がいった。

「相手は、一流企業の社長であり、国会議員でもあるわけだから、簡単には近付けない。だから、一ヶ月間、近づくチャンスを狙《ねら》っていたのかも知れませんね」

と、十津川が応じる。

「こうなると、青木政之元陸軍中尉のことを調べなければなりませんね。年齢的に、本人はもう亡くなっている可能性が高いですが、この遺書に書かれていることが、坂西勝利の事件と無関係とは思えません」

藤田がいい、十津川も賛意を示した。

十津川は、青木が書いた『特攻の夢』なる本を探した。戦争関係の本は、かなり読んでいる十津川だが、この本は読んだことがなかった。

ようやく入手した青木政之の『特攻の夢』は、次のように始まっていた。

戦争末期、私は、陸軍の特攻基地『知覧』で第八三振武隊の隊長だった。文字通り、死と隣合せの毎日だった。

そして「特攻」については、青木は、次のような持論を展開している。

私は、祖国が特攻を始めた時から、敗戦を覚悟していた。そのくらいの判断はつく。それなら、特攻などやめて、さっさと米軍に降伏すれば、四千人以上の特攻隊員を死なせずにすんだではないかと、特攻を無駄死にだと判じる人たちがいる。

それは、歴史というものを知らぬ、ただ安寧に生きればいいという卑怯者の言葉である。

あのまま何の反撃もせず、アメリカに降伏していたら、その後の歴史書に、日本民族は、どう書かれるか。

私は断言する。土下座して、ひたすら勝者に謝る、勇気と自尊心に欠ける劣等民族と、書かれたに違いないのだ。

そんな風に歴史に記されないために、私達は特攻を組織し、アメリカ船舶に突入し、命を散らしたのである。当時の若者たちは、みな喜んで死んでいった。

目的は、ただ一つ。日本民族が勇気のある輝しき民族であるという一言を、歴史に書き残すためだった。

我々は歴史のために、死んだのである。

アメリカ軍は、特攻を「カミカゼ」と呼んで恐れ、戦後、日本民族を尊敬することになった。

この度の沖縄返還のように、勝者が勝ち取った領土を返還したのは、珍しいことだといわれる。その根底には、特攻（カミカゼ）を畏怖《いふ》し、日本民族を畏敬していることがあると、私は考えている。

特攻は、絶対に無駄死でない。

狂気でもない。

悲痛でもない。

栄光の歴史を失わぬために、若者たちは死んだのである。

このあと、特攻基地の日常が書かれている。

基地の空気は重苦しくなどなく、むしろ、死を覚悟した若者たちは、明るく冗談をいい合っていたと書く。

若い特攻隊員の写真が多数のせられている。彼らの兄として振舞っている自分の心の苦しさを、青木は延々と書きつけていた。その内容の大要は、以下の通りである。

命令が下れば、明日にもアメリカの船舶に特攻しなければならない若者たちばかりである。中には、十七歳の少年もいる。平和な時なら、まだ母親に甘えていたい年齢であろう。

その少年たちが、ニッコリ笑って、特攻するのである。

彼等の笑顔が、明るければ明るいほど、私は切なくなる。

第八三振武隊の隊長の私は、全ての特攻隊に同行したかった。しかし、それは不可能である。

しばらくの間、彼等を励まし、見送る事態が続いた。その度に、彼等に向って、私は繰り返した。

「必ず、俺も、お前たちに続いて特攻する。それまで、靖国《やすくに》で待っていてくれ」と。

そして、やっと私が隊長として、部下の十六機の編隊を率いて、突入する日がやってきたのである。

十八機の予定が、一機が故障したので、私の機を入れて十七機での特攻である。

私には何の恐れもなかった。それどころか、やっと部下たちの許《もと》に行けるという嬉《うれ》しさしかなかった。

「青木、今朝はやたらに嬉しそうじゃないか」

と、司令に声をかけられた。私はいった。

「今日まで、部下たちの見送りばかりで、辛い思いをしてきました。やっと彼等と出撃できるのです。こんな嬉しいことはありません。必ずアメリカ艦に体当りして、沈めてやります。そうしないと、先に行っている部下たちと、あの世で、お互いの手柄話をして楽しめませんからね」

この日、天候は晴れ。

敵たるアメリカ軍は、すでに沖縄を占領し、次の本土侵攻に備えて、兵力を増強中である。

わが第八三振武隊としては、十七機で十七隻《せき》のアメリカ船舶を沈めてやるつもりであった。

私は隊長機として、「出撃」の合図をし、司令や基地参謀たちが手を振る中、離陸していく。

基地上空で編隊を作る間、私は隊長として、注意深く見守った。

彼等の多くは、訓練時間も足らず、心配していたのだが、この朝、彼等が見せた操縦は、何という見事なものだったか。

（これこそ、神の加護なり）

私は、隊長として涙があふれた。

勇者たちとともに、沖縄に向かう。

私は「見敵必殺」しか考えていなかった。

それなのに、何たる不運か。奄美《あまみ》諸島の南端、沖永良部島《おきのえらぶじま》を過ぎた辺りで、突然、エンジントラブルに襲われたのだ。

私の一番恐れていた事態だった。

物資不足、ガソリンの低オクタン価などで、陸・海軍機の機体トラブル、特にエンジン故障が急激に増加していた。

基地作業員の超人的な保守点検、そして修理作業にも拘《かかわ》らずである。私は、自分の愛機のことは心配せず、ひたすら、部下たちの機の心配をしていたのに、私の機体が突然、トラブルに襲われてしまったのだ。

私は必死で、咳込《せきこ》むエンジンを調整し、飛行を続けようとしたが、駄目だった。

見る見る速度が落ち、高度も落ちていく。

部下たちの特攻機が、次々に私を追い抜いて行く。先頭に立って突入するつもりが、いつものように見送ることになってしまった無念さ、恥しさから、海中に突込んでの自爆も考える。

青木はそうした心の葛藤《かっとう》を、綿々と書き続けていく。

最後には、再起を期して海上に不時着する。周囲を見廻すが、島影も見えぬ海の真っ只中《ただなか》だった。

青木中尉は、二昼夜、海を漂った末、たまたま漁師の老人の漕《こ》ぐ小舟に助けられ、小さな島につれていかれた。

わずか人口三十人あまりの集落だったという。貧しい集落で食べ物も少ないのに、この集落で青木中尉は、大切に扱われた。

しかし、九州鹿児島の基地と連絡を取る手段がない。

新聞は、第八三振武隊は全機突入し、多大な戦果をあげたと報道した。青木中尉も、写真入りで、軍神の一人となっていた。

青木中尉は、何とかして基地に戻りたいと思ったが、適当な舟もなく、その上、周囲の海は、アメリカに支配されていて、日本の船が助けに来てくれる可能性は、皆無だった。

そんな孤立無援の状況下なのに、青木中尉は、ちょっとしたロマンスを書き加えていた。

小さな集落で、一ヶ月近く時間を送っている時、長老に、村の娘と結婚してくれと頼まれたというのである。

戦争で、若者は全員が兵隊に行ってしまい、島に残っているのは、老人と娘だけになってしまった。このままでは、村が絶えてしまう。ぜひ、村の娘と一緒になって、子ダネを作って欲しいと頼まれたというのである。

村には、三人の若い娘がいた。いずれも南方系の、眼の大きな美人である。私はあやうく、この島に残った娘たちの一人と結婚して、長老の期待に応《こた》えようかと思った。だが、すぐに陸軍中尉、第八三振武隊の隊長たる自分の声が、私を叱《しか》りつけた。私は一刻も早く基地に戻り、代替機を入手し、沖縄のアメリカ船舶に突入しなければならないのである。

さもなければ、私は、この場で腹を切らなければならないと、島の長老に訴えた。それが長老を動かしたのか、とにかく、小舟で鹿児島まで、冒険してみることを約束してくれた。

小舟に食料を積み込み、老人二人の漕ぎ手と私をのせて、危険な海に漕ぎ出した。
やっとの思いで基地に帰ったとき、出撃から一ヶ月余が経過していた。

そのあと、青木中尉は、基地司令に対して、一刻も早く、代替機が欲しいと願い出た。代替機が着いたら、自分一機でも、特攻したいと、何回も願い出た。だが、とうとう、そのチャンスが来ないままに終戦を迎えてしまったという。

その間の行動を、青木は次のように書いている。

まず、私は基地の整備員たちに謝罪した。折角、苦労して整備してくれた特攻機を、自分の不手際《ふてぎわ》で、不時着させてしまった。そのことを衷心から詫びた。

とにかく、私は、死に遅れてしまったのである。私は司令に対して、不時着は不可抗力だが、結果的に突入できなかったことは死に値いするので、すぐに代替機を用意して一機突入を許可して下さるか、拳銃《けんじゅう》による自決を許可して欲しいと願い出た。

しかし、自決は赦されなかった。私はひたすら、代替機の到着を待った。先に突入した部下たちに対して、申しわけないとしか考えなかった。

しかし、代替機が届かないまま、八月十五日を迎えた。

私は、このまま生きていくことに耐えられず、今度こそ、拳銃自決を決意し、司令の拳銃を盗んでの自決を試みた。しかし、すんでのところで見つかって、懇々と生きていく必要を説得された。

私が自決するのではないかと心配して、司令が拳銃に注意していたといわれて、私はその思いやりに触れ、生き恥をさらしても、生きていく決意をした。

その後、司令と共に、特攻隊員の遺族を訪ね、特攻隊員の慰霊碑を建てるお手伝いをさせて頂いた。その司令も、すでに亡くなられた。実に立派な方であった。

今回の事件に関係していなかったら、十津川は、青木元中尉の書いた『特攻の夢』を、そのまま受け取って感動しただろう。

しかし、坂西勝利の事件や、神山一平の死を知った上では、青木の記述を、簡単には信じられなかった。

そこで、十津川は、フリージャーナリストの金子に、再び連絡を取った。陸軍特攻基地での生活について、金子から話を聞き、特攻隊員の遺族に会って話を聞く中で、『特攻の夢』を巡る不審な点が、次々に浮び上ってきた。

第一は、沖永良部諸島の小さな島から、小舟に乗って、基地に帰還したという記述についてである。

現地の漁業関係者に聞くと、手漕ぎの小舟では、とても鹿児島の基地まで帰れるものではないという。

実際に、あの辺りの小島に不時着した特攻隊員は多く、陸軍の輸送船が、危険を冒して島々を回り、収容して基地に連れ戻したというのが真相らしかった。

次に、青木中尉は帰還すると、まず整備隊員に謝罪したと書いているが、事実は全く異なっていた。青木は、帰還するといきなり、「お前たちの整備不良のせいで、陛下に賜った飛行機を失った」といって、整備隊員を殴りつけ、説教したというのである。

一方、藤田警部の捜査では、神山一平が失踪した時期に、当時、青木実業社長だった青木政之が奇妙な行動を取っていたことが、浮かび上がってきた。

「会社にも行先を告げず、女性秘書をひとりだけ連れて、海外に出張してしまったというのです。それがちょうど、神山一平が失踪した時期と一致します。まとわりついてくる神山を避けて、国内から逃げ出したのではないでしょうか」

と、藤田はいって、推理を続ける。

「そうはいっても、青木としても、いつまでも神山から逃げ回っているわけには行きません。それに、神山が覚悟を決めて、自分が坂西の飛行機のエンジンに小石を入れたことや、青木の飛行機は万全の状態だったことを、どこかの雑誌にでも暴露するかもしれません。青木にとって、神山一平は、邪魔で危険な存在になったんじゃありませんかね」

その可能性は大いにあると、十津川は思った。

神山一平を殺したのが、青木元中尉か、その意を受けた者だとすれば、一つの事件は解決する。

だが、事件は、まだ二つあった。

坂西勝利が西鉄特急で殺された事件と、坂西の工場の従業員、三浦晋介が居酒屋のトラブルを装って刺殺された事件である。

「青木元中尉は、すでに亡くなっているんですね」

十津川は、確認するようにいった。

「その通りです。十三年前に、病死しています」

「そうだとすると、坂西勝利と三浦晋介を、誰が何のために殺したのでしょうか？」

第七章　終りなき戦後

I

十津川と藤田警部は、今後の捜査について、あらかじめ二つの線を引いておくことにした。一連の事件を、どう見るかという方向を示す線である。

一つは、坂西勝利が殺されたのは、直近のことだから、犯人が殺人に及んだ直接的な動機も、それほど過去にはないだろう、という判断である。いちおう一年以内という線を引いた。ここ一年以内に、何らかの動機が生じたと考えてみるのだ。

もう一つは、昭和四十八年八月十六日に亡《な》くなった神山一平の事件である。

神山は終戦直前、憎い青木中尉《ちゅうい》を陥《おとし》れようとしながら、誤って坂西勝利を卑怯者《ひきょうもの》、非国民にしてしまった。戦後になっても、青木への憎しみは消えず、同時に坂西に対しては、悔悟の念を抱いていたはずだから、戦後のどこかで、自分の犯した罪を、坂西勝利に詫《わ》びたのではないか。

もし直接詫びていなかったとしても、神山から真相を聞いた誰かが、坂西勝利に知らせていたのではないか。これが二本目の線である。

この二本目の線は、今のところ、点線だといえる。証拠がなくて、推測のみの線だからである。これが実線になれば、坂西の事件と青木政之が結びつくのだ。

二人の刑事は、この二つの線を念頭に、再度捜査を進めた。

捜査の結果、ある男が浮かび上がってきた。男の名前は、吉永昭三《よしながしょうぞう》。

保守党の三年生議員である。昨年十月の内閣改造で、防衛省の副大臣についていた。

もともとは航空自衛隊の幕僚長にまでなった男で、五十八歳で退官した後、保守党から衆議院議員に立候補し当選。

そして六年後、当選三回となったところで、防衛省の副大臣に推されたのだった。

十津川たちが最初に目をつけたのは、その経歴だった。ただ、姓が違うので、問題の青木政之元中尉とは関係がないのではないか、と考えていたのだが、調べていくと「吉永」というのは養子になってからの姓だとわかった。旧姓は「青木」である。十津川と藤田は、吉永副大臣の身辺を調べることにした。

2

平成十八年に亡くなった青木元中尉には、三人の息子と、一人の娘がいた。

子供にというか、男の子に恵まれていた、と言うべきだろう。対照的に跡継ぎに恵まれなかった吉永家という親戚《しんせき》があり、青木家から、三男の昭三を養子に出して継がせる事になった。

青木家も吉永家も、軍人の家系である。戦後もその家系は守られ、青木家では、長男の政一郎《せいいちろう》が、青木実業社長の椅子《いす》を引き継いだが、次男は、父政之の要請もあって、陸上自衛隊に入った。現在は病気のために、自衛隊を退いて、副社長として、兄を支えている。

吉永家に養子に行った昭三は、最も強く実父の青木元中尉を尊敬していた。防衛大学校から航空自衛隊に入ると、順調に出世して、ついには航空幕僚長となった。そこから政界入りして、防衛副大臣となっているのだ。青木元中尉の遺志を、見事に実現したといっていいだろう。

十津川が一番に注目したのは、この吉永昭三が航空自衛隊幕僚長だった時代の発言だった。

それは当時、ある月刊誌が、海上、陸上、航空の三自衛隊の幹部に対し、特攻について質問したときのものだった。戦後の自衛隊として、今でも特攻を認めるかどうかの質問である。

それに対して、陸上と海上自衛隊の幹部は、現代の自衛隊としては、特攻を認めることは出来ない、と回答した。常識的な回答である。

しかし、航空自衛隊の幕僚長だった吉永昭三は、

「特攻というのは、当時の若い兵士たちの純粋な愛国心から出た行為であって、それを否定することは出来ない。再び日本が戦争に巻き込まれた場合、基本的には特攻は必要ないと思うが、国のために必要であれば、私自身が先頭に立って、特攻する覚悟である」

と答えて、世間を驚かせた。これをきっかけに、幕僚長を退官し、政界入りすることになったのである。

これは、戦争中に特攻隊員だった父親の行動を尊敬していたからこそ、出てきた回答ではなかったか、と十津川は考えた。藤田も同意した。

「父を全肯定する気持ちがあれば、父親の戦争中の行動を批判するような言葉や人間は、吉永昭三には許しがたいものだったに違いありませんね」

「その父親が自らの体験を書いた『特攻の夢』について、その内容を否定し、嘘《うそ》を指摘する人間が現れたら、どうなるか。それを考えてみたいですね」

「その先鋒《せんぽう》ともいえる神山一平は、亡くなってしまいました」

「神山一平の声は聞こえなくなったが、もう一人、青木元中尉の特攻出撃に絡《から》む真相を知っている者が現れた。それが坂西勝利だったと思いますよ」

と、十津川がいった。

戦争中、特攻隊員は神と崇《あが》められた。日本を救う神である。ところが戦後になると、一時期は、特攻は無意味な行為、あるいは人道に反する生命軽視として、批判にさらされた。生き延びた特攻隊員に対しては、「特攻くずれ」と軽蔑《けいべつ》の目が向けられることもあった。

戦後、その時々で、特攻について、極端な意見が氾濫《はんらん》した。たとえば、特攻は全《すべ》て無駄死にだと、特攻を全面否定する言葉も生まれた。特攻を命じた者は殺人犯なのだから、全員裁判にかけろという極端な意見もあった。

時が経《た》ち、経済が回復してくるにつれて、特攻についての意見も、落ち着いたものになってきた。そして、ある時から、一つの意見が大勢を占めるようになった。

「特攻という作戦そのものは非道であるが、国や家族のためにと死んでいった若者たちの死は、純粋であり、称賛すべきものである」

もはや特攻して散った者を批判する者はいない。さらに、特攻で死んだ日本の若者たちを、フランスの作家アンドレ・マルローが称賛したとか、ミッドウェー海戦で日本の連合艦隊を破ったアメリカのスプルーアンス提督が、レイテ決戦での神風特別攻撃隊について、あの時点では最適な攻撃方法であった、と称賛したとかいう話も、海外から聞こえてきた。

さらに国内では、亡くなった若者たちの精神が、武士道精神に結びつけて評価されるようになった。国のため、大義のためという、大きな目的に自分の死を捧《ささ》げるという行為は、武士道に通じるというのだ。もちろん、称賛の言葉である。

しかし、こうした称賛には、一つの条件が必須《ひっす》だった。それは、特攻隊員たちが全員、自らの意志で、特攻を選んだという前提である。命令ではなく、自主的に特攻に参加したという前提である。

これがなければ、外国人の称賛も武士道精神も、意味をなさないのだ。果たして若者たちは、全て自主的に考えて行動したのか。それとも、命令でやむなく行動したのか。その前提の究明がされないままに、全ての若者が自ら特攻を志願し、死んでいったというような、ひたすら特攻を称賛する本が、何冊も世に出るようになった。

青木元中尉が書いた『特攻の夢』もまた、そうした特攻礼賛《らいさん》の一冊である。そして、この本はベストセラーになった。そのおかげで、青木元中尉自身の行動まで、無条件で称賛されるようになってしまったのである。大事な前提を置き去りにしたまま——。

青木は本の中で、自ら進んで特攻を志願し、国のため、大義のために命を捧げるつもりであったが、残念ながら搭乗機の故障によって、本懐を遂げることが出来なかった、と語っている。そして、自分と同様に特攻を志願し、死んでいった仲間のために、慰霊碑を建てる事業に奔走してきた、というのだ。

それがまた、読者の心をとらえ、彼を有名にした。一時は傾きかけていた彼の会社にとっても、業績を盛り返すきっかけになった。つまり、青木が事業家として成功したのは、特攻のおかげといってもいいのだ。

ただ、藤田警部がいったように、それを危うくする存在があった。神山一平だ。彼は、青木元中尉に何度も殴られ、左耳が聴こえなくなってしまった。プロ野球選手として成功するという自分の夢を、台無しにされたのだ。自分の人生を奪った青木元中尉への復讐《ふくしゅう》を誓い、「いつか対決して化けの皮をはがしてやるつもり」と息巻いて、チャンスを窺《うかが》っていたのだろう。青木実業の社長として成功した青木元中尉にとっては、もっとも危険な存在だった。

特攻という崇高な使命、そして名誉。その上に築き上げた戦後の成功――。特攻志願という前提が崩れたら、虚飾の成功は、脆《もろ》くも崩れてしまう。それをもっともよく知っていたのは、青木元中尉自身だったろう。彼はおそらく誰よりも、その前提こそがなにより大事だと知っていた。戦後の青木元中尉、いや青木実業社長は、神山が家を出て、自分につきまとうようになると、秘書を連れて一ヶ月の海外出張に出かけてしまった。その間に、危険な存在である神山一平は、不審な死を遂げた――。

今や十津川の目には、青木社長と秘書の海外出張が、アリバイ作りの一環だったように見えて仕方がない。しかし、推理は成り立っても、青木が神山一平を殺したとは断言できないし、誰かを使って殺したという証拠も見つからない。四十年以上が過ぎて、この事件を解決するのは、もはや難しいだろう。

次に、坂西勝利の件である。

青木元中尉も鬼籍に入ってしまっているから、彼が坂西勝利の死に、直接関係していることはあり得ない。しかし、どこかで繋《つな》がっていると、十津川と藤田は考えた。

そこで十津川は、大学の同窓で、中央新聞の社会部記者をやっている田島《たじま》に、昨年の内閣改造で副大臣になった吉永昭三の評判を聞いてみた。田島は、政治部の同僚から、それとなく情報を仕入れてきてくれた。

「組閣では、新しく防衛省の大臣になった須田《すだ》さんが、総理に強く希望して、副大臣に据えたといわれている。前任者の古賀《こが》防衛大臣は、どちらかと言えば外国に対して穏当で、平和政策をとった。訓示でも、自衛隊が戦力を蓄え、訓練に励むのは、戦うためではなくて平和を維持するためである、というのが口癖でね。総理は憲法改正に熱心だが、古賀大臣は、今の憲法のままでも自衛のための行動は出来るし、あえて諸外国を刺激する必要はないという考えだったんだ。

それに対して、今の防衛大臣の須田さんは逆でね。訓示にしても、『戦力を蓄え、訓練に励むのは、万一の時に戦うためである』というのが、須田大臣の第一声だった。その須田大臣が熱望したのが、吉永昭三副大臣だからね。大臣と同じくらい、いや大臣以上に、日本の軍隊を強力にしたいと考えている。特に、今までの自衛隊が、どちらかと言えば自由で平和主義的なものだったことを撤回し、昔の日本軍のように、戦うための精神を養う方向に舵《かじ》を切っているね。一種の精神主義に傾倒しているともいえる。それに徹しようとしているんだ。

今まで日本の自衛隊というのは、時の権力者の意を受けて、形を変えてきた。アメリカ的な軍隊にしようと号令を下す人もいたし、日本独自の軍隊にすべきだという考えを持った大臣もいた。今回の須田大臣も、吉永副大臣も、どちらかと言えば、昔の軍隊、国のためや大義のために個を殺すという精神主義で、これからの自衛隊というか、あえて言えば軍隊を作り上げていこうと考えている」

「それで、評判はどうなんだ？」

十津川がきいた。

「半々だね。自衛隊を見守る国民の目も、二つに分かれているようだ。専門家の間でも、これからの日本の国防は、アメリカ的に考えていかなくてはならない。そう見ている人もいる。つまり、アメリカ的に、国が自分に尽くしてくれるのなら、自分の方も国に尽くすという、一種の契約主義とでも言うのかな。そういう軍隊の方が健全じゃないかと考える人たちが半分だ。あとの半分は、逆に、やはり日本の軍隊は日本を守るのだし、日本人の軍隊なんだから、アメリカ的な自由主義、個人主義では、国を守っていけない。国のため、大義のためには自分を捧げてもいいという、日本的な精神主義が必要だ、と考える人たちだ。そういう人たちは、今回の須田大臣と、副大臣吉永昭三のコンビに期待している」

「しかし、副大臣となった吉永昭三という人は、空自の幕僚長だった時代に、陸自や海自が特攻を否定したのに、彼だけは特攻を認めた。それに、実の父親は戦時中に特攻隊員で、戦後になっても、特攻は崇高な日本精神の表われだとして、称賛していた人物なんだ。その点は、どう評価されているんだ？」

と、十津川が重ねてきいた。

「彼が幕僚長に就いた後、防衛省に訪ねていったことがあるんだ。僕は政治部ではなくて社会部だが、気軽に応じてくれる。そういうあたりは、人心をつかむ上でも、なかなかうまいと思うね。

そうしたら、幕僚長室の壁に、特攻隊長だった時の父親の写真が飾ってあったよ。青木元中尉が日の丸の鉢巻きを締め、軍刀を持って、勇ましく写っているんだ。そしてその写真が撮られた時に書いたという色紙もあった。『大義親を滅す　中尉青木政之』と大書された色紙だ。副大臣になった吉永さんは、父の青木元中尉のことを、今でも尊敬しているといっているから、ことによったら、副大臣室にも、父親の写真や色紙が飾られているかもしれない」

「防衛省の幹部を集めての挨拶《あいさつ》でも、特攻を賛美したそうじゃないか」

「副大臣就任の際のインタビューでは、第一声で『私の父は特攻隊長で、国のために死を決意していた青木元中尉である』と誇らしげにいったそうだからね。特攻は作戦としては非道だという人がいるが、しかし特攻以外に戦う方法がなければ、自分も防衛副大臣として、特攻機に乗って、敵艦に体当たりするつもりであると、堂々といっていた」

「しかし、マスコミには発表されなかったね」

「一部テレビのニュースで流れて、ちょっと問題になったが、すぐに揉《も》み消されたようだね。いろいろと話し合いがあったらしい。特攻に対しては、海外では今も恐怖を感じている人もいるからね。そうした人たちを刺激してはまずいというので、マスコミには発表しなかったんだ。しかし、副大臣吉永昭三の特攻賛美は、今後も変わらないね」

と、田島はいう。

「なぜ吉永副大臣は、特攻賛美を続けるんだろう？」

「これは勝手な推測かもしれないが、彼は、ずっと特攻隊長だった父を尊敬して育っているんだ。だから副大臣室に父の特攻隊長時代の写真を飾っている。そうした考えを、今さら崩せないんだろう。そうとしか考えられないね。彼にとって、父は誰よりも尊敬する対象でもあり、彼自身の生き方でもあるんだと思う。ことによると、養子に出された屈折が、そうした実父への異常なまでの賛美に変換したのかもしれないね。だから、父を否定されると、自分が否定されるような気がするんじゃないか。そうとしか思えないね」

田島の答えに、十津川は深く考え込んだ。

十津川は、藤田警部と二人で、市ヶ谷の防衛省の副大臣室に、吉永昭三を訪ねることにした。自分の目で、どんな人物か確認したかったからである。

突然の訪問だったが、笑顔で迎えられた。さすがに、この副大臣室には、父親の特攻隊長姿の写真は飾られていない。海外からの客も来るのだろうから、その配慮かもしれない。しかし、よく注意して見ると、青木元中尉の『特攻の夢』が、本棚に大事そうに収められていた。

「お父上を尊敬されているんですね」

と、本棚に目をやりながら、藤田がいうと、吉永昭三はニッコリして、

「私が一番尊敬する人物は、父です。特攻について批判をする人もいますが、国のために死のうとすることの、どこが悪いんでしょうか。大事な時に逃げ出すような人間よりも、どんなに立派だかわからないでしょう。戦争中、父は自ら志願して特攻隊員となり、その志は、戦後も変わりませんでした。私は立派だと思っているし、父を尊敬しているんです」

「今までの自衛隊が守ってきた、シビリアンコントロールに反対だそうですね」

と、十津川がきいた。吉永は、小さく手を横に振って、

「そんなことはいっていませんよ。そもそも、今の私はシビリアン、文官なんです」

「しかし、空自の幹部から、そういう話を聞いたんですが」

「平和な時代なら、私はシビリアンコントロールに賛成です。平和な時代では、制服組よりも文官の方が、良い知恵を出しますからね。ただし、戦争になったらシビリアンコントロールでは戦えませんよ」

「どうしてですか？」

今度は、藤田がきく。

「これは空自の幕僚長時代に感じたのですが、緊急事態で文官の意見を待っていると、時間が無駄に経ってしまうんですよ。背広組は、何事も自分の上司にお伺いを立てな

ければならない。自分で決断するということをしないし、できません。気づけば十時間も十五時間も遅れてしまう。その間、行動が取れません。そんな時間の無駄をしていたら、戦いには絶対に勝てません。戦争になった場合は、時にはシビリアンコントロールも否定して、軍隊独自の考えで行動する必要がある。それが間違って伝わったのでしょう」

「それは、尊敬するお父上の考えでもあるんですか？」

「父は、自分で特攻を志願した人です。もちろん、あくまでも、戦争の時の考えです。父だって、平和な時代なら、特攻なんて考えなかったと思いますね。追い詰められて、特攻以外に勝つ方法がない、作戦がない。そう考えたからこそ、父は特攻に賛成し、自ら志願したんです。私も、父のその考えに賛成なんですよ」

「つまり、これからの自衛隊の訓練も、それに沿って進めていく方針ですか？」

藤田がきいた。

「困ったな。よく聞いてください。さっきも言ったように、あくまでも戦争になったらの話です。確かに平時には、シビリアンコントロールも大事ですよ。ただ、自衛隊としては、日本が侵略された時のことも考えて、訓練をする必要がありますからね。その時には、シビリアンコントロールは邪魔です」

「戦争中、日本の軍隊は政治を無視して、猪突猛進《ちょとつもうしん》しましたね。その果てに、特攻があったんじゃありませんか」

と、十津川がいった。

「それも間違っていますよ。特攻以外に戦う方法がなかったんです。お二人とも、戦後のお生まれで、そういう時代を知らないのでしょう。日本全体が、そうした危機に直面した時を知らない。だからそんな呑気《のんき》な夢物語をいえるんです。もちろん、私も戦後生まれです。しかし、私は父の背中をじっと見てきました。私の父は、日本という国と国民が、滅びるかどうかの瀬戸際《せとぎわ》に立たされた時に、身を捨てて特攻を志願したんです。私も、父と同じ状態になれば、同じように特攻を志願するでしょう。その気持ちだけは持っています。これはあくまでも、そういう事態に直面したらですよ。その前提は誤解しないで下さい」

と、吉永は少し興奮した口調でいった。

3

防衛省を出ると、二人は、近くの喫茶店に入り、これからどうするかを相談した。

「あの考えは、少しばかり危険ですよ」

十津川がいうと、藤田も頷《うなず》いた。

「軍人の目ですね。それも、新しい時代の軍人の目ではなくて、父親を見習う帝国軍人の目に見えましたよ」

その言葉が、十津川の頭に、一つの推理を浮かべさせた。

もしも尊敬する父親、青木元中尉を否定する人間が出て来たら、あるいはそうした言葉を口にする人間がいたら、あの男は、その相手を殺すかもしれない。自分のために、いや、尊敬する父親のためにである。

そんなことを十津川が考えていると、不意に携帯が鳴った。日下刑事からである。

「どうした」

と、十津川がきく。

「三浦晋介の事件に、動きがありました」

「坂西機械の従業員だった三浦晋介だな」

「そうです。最初は酔っぱらい同士の喧嘩《けんか》に見えた、あの事件です。犯人が自首してきました」

十津川は驚いた。藤田警部も聞き耳を立てている。

「どういうことなんだ?」

「若い男が交番に自首してきて、あの事件の犯人は自分だと。口げんかから、ついカッとなって刺してしまった、と言っているそうです」

「あの似顔絵には似ているのか?」

「それが全く。年齢も全然違います」

日下も、とまどっている様子だった。

「詳しいことがわかったら、連絡してくれ」

といって、通話を終えると、十津川は藤田警部に、事情を伝えた。

「気に入らないですね」

と、藤田がいった。さらに続けて、

「我々が吉永副大臣に面会した途端に、これですからね。自分の身辺に捜査の手が伸びてきたと知って、急いでスケープゴートを仕立てたのではないでしょうか」

「私も、そう思います。三浦を殺したのは、一種のプロです。今回、自首してきた男は、おそらく時間稼ぎの目くらましでしょう。吉永昭三は、このような事態を想定して、あらかじめ用意していたに違いありません」

そうなると、吉永の動機は何なのだろう。

先ほどの推理をさらに前に進めると、どうなるだろうかと、十津川は考えた。

青木元中尉の功績を、ひっくり返すような人物が現れたら、子孫はどうするだろうか——。たとえば、神山一平のように。

コーヒーを飲み終えてから、十津川がいった。

「これから、京都へ行こうと思います」

それに対して、藤田警部は、

「私も、ご一緒します」

と、いった。

京都で会ったのは、もちろん神山一平の孫娘かおりである。

かおりの会社を訪ね、十津川は改めてきいた。

「坂西勝利さんという人を、ご存じありませんか」

かおりは、すぐに、

「祖父の遺書にあった、特攻隊員から外されてしまった方ですよね？　そういえば、あの遺書について、妙なことがわかったんです」

と、いった。

藤田警部が、

「どんなことでしょうか？」

と尋ねると、かおりは少し迷った様子で、

「先日お見せしたあの遺書ですが、母が一度開封していたようなんです。それから改めて封をやりなおしていたんです。母の様子がおかしいので、問い詰めたら、ようやく話してくれました」

「なんですって。どういうことなのですか？」

「母は、あの遺書が気になって仕方なかったようです。それで、ある日、思い切って開けてみたら、あの内容です。思い悩んだ母は、坂西勝利さんを捜し出して、祖父の遺書についての手紙を送っていたのです」

「返事はあったのですか？」

と、十津川がきく。

「あったそうです。とにかく、その遺書を読みたいというので、コピーしてお送りしたといっています」

「それは、いつ頃の事ですか？」

「今から半年前ほどでした」

半年前……。十津川の脳裡《のうり》に、その言葉が木霊《こだま》した。何かがつかめそうだった。

「吉永昭三という政治家に会われたことはありませんか？」

今度は、藤田がきいた。

「防衛省の副大臣になられた方じゃありませんか？」

「そうです。では、ご存じなんですね」

「以前は、全く存じませんでした」

「最近、お会いになったんですね？」

と、十津川が詰め寄った。

「つい二週間ほど前でしょうか。突然、母を訪ねて来られました。私も同居していて、ちょうど在宅していました。その時に名刺を頂いたので、吉永昭三さんという方を知ったんです」

「それで、彼はお母様を訪ねて来て、何をきこうとしていたんですか？」

「どこで聞きつけて来られたのか、祖父の遺書を見たいとおっしゃっていました。母は了承したんですが、私は何か不思議な気がしたんです」

「というと？」

「遺書を見たいとおっしゃるのですが、どうも吉永さんは、祖父の遺書の内容を、すでに知っているように感じられたんです。言葉の端々から、もう読んだことがあるような、そんな気がしました」

「お母様は、坂西さんに送ったように、吉永副大臣にも、遺書のコピーを送っていたのでしょうかね」

「そんなはずはありません。だいたい、それなら、吉永さんが遺書を見たいと言ってくる必要はないじゃないですか」

かおりの言葉は、もっともだった。

「それで、どうしたのです？」

「吉永さんは、遺書の原本が欲しい、預からせてくれと、しきりにおっしゃっていました。防衛副大臣という立場で、これからの国を考えるうえで、その遺書を参考にしたいというのです。私は、どうもおかしいと感じたので、母に目配せして、遺書の原本は手元にありませんと申し上げたのです。銀行の貸金庫にしまってあるからと。それで、ようやく諦《あきら》めてくれました」

かおりは、疲れたようにいった。

「その吉永さんですが、自分の父親が、遺書にあった青木中尉だということは言いましたか」

藤田がきくと、かおりはびっくりした顔になって、

「そんなこと、一言もおっしゃいませんでした」

と、いう。十津川は話しながら、少しずつ事件の核心に迫っていく感覚になっていった。

十津川は、最後にきいた。

「ところで、お母さんから遺書のコピーをもらった坂西さんは、どう思ったでしょうね。かおりさんは、どう考えますか？」

「わかりません。もしも嫌な思いをされていたとしたら……」

「私は、坂西さんは喜んだと思いますよ。昭和二十年の戦争末期に、坂西さんは卑怯者と呼ばれたのです。自分では、特攻で死のうと心に決めていたのにですよ。それは、戦後七十年たっても、深い傷となって心を傷つけていたはずです。坂西さんは、真相を知って、喜んだに違いありません。これで、自分は卑怯者ではなくなったんですから」

「そうなら、いいんですけど。でも……」

「どうしましたか」

と十津川がきくと、かおりがいった。

「坂西さんが戦争中のことに区切りをつけて、戦後を生きていらしたとしたら、どうだろうかと。真相を知ったために、かえってお苦しみになったかもしれないと心配になりました」

その言葉に、十津川は、胸を刺される思いがした。

十津川は、坂西が真相を知れば、単純に喜ぶだろうと思っていた。考えてみれば、それはあくまでも、十津川の勝手な思い込みなのだ。今、かおりがいったように、真相を知ったことで、再び坂西は傷ついたかもしれない。それは、彼の気持ちの中で、戦中と戦後が繋がっているかどうか、そこにかかっている。

もし戦中と戦後を、しっかりと分けて生きてきたのならば、坂西の心は傷つかなかったろう。だが、その連続性の上に生きていたとしたらどうだろうか。

(確かに、簡単には決めつけられない)

と、十津川は思った。その思いは、自然と、坂西勝利という老人の死に、繋がっていくように感じられた。

4

神山一平の遺書のコピーが、坂西勝利の許《もと》に送られていた。遺書の内容は、坂西の濡《ぬ》れ衣《ぎぬ》を晴らすと共に、青木中尉を告発するものだった。

「これで、二本目の線は繋がりましたね」

と、藤田が、ほっとしたようにいった。十津川も肯いた。

「神山と坂西、すなわち青木と坂西が繋がりました。次は一本目の線です。直近の一年という線を引きましたが、この間に、動機が見つかるかどうかです」

この点に関して、十津川の中に、一つの推理が形をなしつつあった。

半年前という言葉がカギだった。どこか別の場所でも、確かに半年前という言葉を聞いた。その場所は……。

三浦晋介が常連だった居酒屋だ。彼は、その居酒屋で隣りあわせた男と喧嘩になり、近くの路地で刺されて死んだ。

その事件のあった半年前。三浦は、坂西勝利と同じ店で飲んでいた。戦争や特攻の話をしているうちに、突然、坂西がテレビのニュースを見つめたまま、凍りついたような表情になった。常連客が確かにそう証言していたのだ。

あのニュースに、吉永昭三が出ていたのではないか。特攻を肯定し、賛美するような発言で、防衛副大臣就任早々に問題になったと、中央新聞の田島がいっていた。すぐに揉み消されたが、一部のテレビで流れたとも。

そのニュースを、坂西が目にしたのではないだろうか。音は消してあっても、字幕を読んだのだろう。そこに坂西は、青木元中尉が書いた『特攻の夢』そのままのような言葉を見たのではないだろうか。

その頃すでに、坂西は神山一平の遺書のコピーを読んでいたはずだ。そして、青木元中尉のことを調べ、『特攻の夢』を探して読んだのだろう。しかし、青木は十三年前に亡くなっている。坂西には、どうすることもできなかったのだ。

そんな時に、ニュースで目にしたのが吉永昭三だった。その主張だけでなく、面影も似ていたのだろう。パソコンで少し調べれば、吉永昭三が青木元中尉の三男であることは、すぐにわかる。別に隠されてはいないからだ。

坂西勝利は、迷った末に、吉永に手紙を送ったのではないか。そして、今回の九州旅行に合わせて、知覧で会う約束をした。

坂西が知覧で吉永昭三に会って、何を話そうとしたのか、それは十津川にはわからない。神山のように、青木元中尉を糾弾し、その罪を暴《あば》こうとしたのだろうか。十津川には、そうは思えなかった。坂西は、青木の息子である吉永に会って、あの戦争のこと、特攻のことを語り合いたかっただけなのではないだろうか。それは坂西にとって、戦争中に負った心の傷を清算する行為だったのかもしれない。

しかし、吉永昭三の方は、そのようには考えなかったのだ。彼は坂西勝利に、神山一平と同じ危険を見たのではないか。そして、父である青木政之がやったように、危険な存在を取り除こうとしたのだ。

知覧での約束よりも前に、西鉄特急の車内で坂西をうまく呼び出し、口をふさごうとしたのだろう。そして、坂西が持っていた神山の遺書のコピーを奪ったのだ。考えてみれば、知覧に行くのに、坂西勝利があの遺書のコピーを持って行かないはずがない。坂西は、特攻平和会館にそれを収めるつもりだったのかもしれない。

十津川は、この一連の推理を、藤田警部に話した。

「そこまでは、よくわかりました。しかし、三浦晋介はどうなるのですか?」

と、藤田が問いかけた。十津川は、考えをまとめながら答えた。

「坂西勝利が殺され、我々の捜査が始まり、安田太郎の写真から、次第に戦争や特攻隊が関係しているのではないかとわかってきました。そこで、三浦は、あの居酒屋での出来事を思い出したのではないでしょうか。あのニュースを見たあとで、坂西が三浦に、吉永昭三のことを話していたのかもしれません」

「三浦晋介は、吉永を強請《ゆす》ろうとしたというのですか？」

「私はそう見ています。三浦も六十二歳で、この先、どれくらい働けるかわかりません。それ以前に、坂西前社長が亡くなって、弓子さんが跡を継ぐといっても、本当に坂西機械がこれまで通り順調に操業していけるかどうか……。息子夫婦は冷淡なようだし、老後を見据えて、ここでまとまった金を手に入れようと考えたのではないでしょうか」

「その途端に殺されたと？」

「ええ。先ほどの自首の件を見ても、吉永は非常に果断な対処ができるようです。よきにつけ悪《あ》しきにつけですが」

「これで一本目の線もクリアできましたね」

藤田の言葉に、十津川は大きく頷いて、いった。

「ここからが勝負です」


まだ吉永昭三についての資料を集め足りない気持ちはあったが、二つの理由から、十津川と藤田の二人は、勝負に出ることにした。

一つは、防衛副大臣の吉永昭三が、アメリカ国防総省の幹部と日米安保について話し合うため、近々渡米すると聞いたからである。さすがに海外逃亡するとは思わないが、青木元中尉の海外旅行中に神山一平が殺されたように、吉永の渡米中に、また何か事件が起こることを懸念《けねん》したのである。

もう一つの理由は、中央新聞の田島記者から、吉永が部下を使って、密《ひそ》かに警察の動きを調べさせているという情報が入ったからだ。

相手は軍隊というプロ集団のリーダーである。組織的には警察と似ているのだ。それはつまり、リーダーが命令を下せば、組織全体が速やかにそれに従うということである。それも、いち早く対決する気になった理由だった。

十津川が、もう一度お会いしたいと告げると、吉永昭三は、四日後の日曜日午後一時に、知覧の特攻平和会館で会いたいと返事をしてきた。なぜ日曜なのか。なぜ知覧なのか。わからないままに、十津川と藤田は、九州に向かった。

日曜の午後一時。すでに吉永は平和会館で待っていた。だが、一人ではなく、航空自衛隊の若い士官たちを、十人も引き連れていた。

「今日は休日なので、航空自衛隊の若手士官を、この平和特攻会館へ連れ出したんですよ」

と、吉永は、二人の刑事に告げた。

（こちらを威圧するつもりか？）

十津川は、ふと、そんなことも考えた。吉永が案内したのは、彼が唱導して、新しく会館の横に建立《こんりゅう》した「特攻慰霊の碑」だった。

そこに彫られた文字は、すでに亡くなった青木元中尉によるものだった。

「大義に死んだ若者たちに捧ぐ」

と、彼の筆跡が彫られている。その横で、吉永がいった。

「この慰霊碑を知覧の地に建てるのが、亡き父の願いでした。息子として、何回もお願いしていたのですが、なかなか許可がおりず、この度ようやく許されました。今日は、若い空自の士官たちに、この慰霊碑を見せたいと思いましてね」

そう説明する吉永の顔は、どこか陶酔している表情に見えた。

十津川は、集まった若い十人の空自の士官たちに、特攻をどう思うかと尋ねてみた。吉永が、こちらに圧力をかけるために連れて来たのだとすれば、特攻に対する礼賛の言葉だけが聞かれるだろう。ところが意外にも、半数の五人は「立派な志で、我々も見習いたいと思う」と言い、残る五人は「国に尽くすのは当然だが、死を前提とした戦術はありえない」と、はっきりいった。

吉永は、苦い顔をしていたが、十津川は、少しばかりホッとするのを感じた。

「今日は、吉永さんにいろいろと聞きたいことがあったので、ここでお会いする機会を作っていただいたのですが、このまま質問しても構いませんか」

と、十津川はきいた。吉永は、一瞬の間を置いてから、十人の若い士官たちに休憩を指示して、

「少し歩きましょう」

と、二人の刑事にいった。

無言のまま歩く。

日曜日なので、入館者の数は多い。しかしどこか観光気分の表情が、人々の顔にあった。それは十津川を、少しだけ安心させた。

「何の質問ですか？　何でもきいて下さい。お答えしますよ」

観光客のいない場所で立ち止まって、吉永が二人を見た。

「先日、坂西勝利という老人が、この知覧に向かう途中、西日本鉄道の車内で殺されました。吉永さんも、ご存じの人だと思いますが」

と、十津川が口火を切った。

「いや、全く知らない。名前も聞いたことがない」

吉永が、強い口調で否定した。

「おかしいですね。吉永さんは、亡くなったお父上の青木元中尉を尊敬しておられるんですよね」

「もちろん、人間としても、父親としても尊敬しています」

「昭和二十年、坂西勝利は十七歳の特攻隊員でした。青木元中尉の下で、この知覧から、沖縄特攻へ出撃するはずだったんです。それが、ある事情で出撃できなくなった。有名な話ですから、当時の特攻隊員なら、誰でも知っているはずなんですけどね。お父上から聞いたことはありませんか？」

と、今度は藤田がきく。

「いや、全く聞いたことがない。君、失礼だよ」

声が、少し震えていた。やはり、吉永は死んだ父から聞いている。十津川は確信した。

「坂西さんは、戦後七十年以上、この知覧に来ることはありませんでした。それが先日、九十一歳にして再び知覧を訪れることにしたんです。坂西さんには一人、娘さんがいます。その娘さんに聞くと、坂西さんが、いっていたそうです。知覧の平和特攻会館で、青木元中尉の息子さんと会う約束をしている。坂西さんは、そういったそうです。副大臣は、あの日、ここで坂西さんに会う約束をしていたんじゃありませんか？」

「いや、それは私じゃない。坂西なんて名前の人は知らないんだ。父から聞いたこともない」

「青木元中尉には、副大臣のほかに二人、息子さんがいましたね。では、坂西さんが会う約束だったのは、副大臣のお兄さんのことなんでしょうか。確認してみた方がいいでしょうかね？」

十津川がいうと、吉永は黙ってしまった。

「神山一平さんは、ご存じですよね？」

と、藤田がきいた。

「その名前は知っている。父は、突入直前で愛機が故障して、残念ながら特攻できなかった。その飛行機を整備したのが、神山一平という整備員だと聞いたことがある。神山はなぜか父を嫌っていて、彼が飛行機のエンジンに細工をしたため、突入できなかったんだ。父はずっと悔しがっていた」

「そんな話を、信じておられるんですか？」

十津川がいった。

「もちろんだ。父が嘘をつくはずがない」

「神山一平さんは整備員ではなくて、整備班長ですがね。ともかく神山さんは亡くなっているし、あなたのお父上も亡くなっている。ただ、ひとつだけ証拠があります。神山さんが密かに書いていた遺書です。あなたは読んだことがありますね？」

「いや、知らない。整備員は特攻隊員じゃないから、私は関心がない」

「関心がないなら、どうして神山かおりさんの家を訪ねたんです？」

十津川の追及に、吉永はまた黙り込んだ。

「これが、問題の神山一平さんの遺書です」

十津川は、京都で神山かおりから借りてきた遺書を、吉永に突きつけた。

「これが原本です。あなたが欲しがっていたものですよ。コピーは、もうお持ちだと思いますが。我々は、平和特攻会館にお願いして、当時知覧の整備班長だった神山さんのこの遺書を、重要な資料として展示してもらおうと思っているんです。確か、青木元中尉の書かれた立派な遺書と、立派な色紙も飾ってありましたね？」

「父のような立派な人はいない。この平和特攻会館に、父の遺品が飾られているのは当然のことだ」

「それなら、その隣に、神山一平さんの遺書も飾ってもらいましょう。どちらが特攻の真実か、見た人が判断すればいいことです」

「整備員の遺書なんか、何の価値もない。そんなものを飾っても無意味だ」

吉永の声に、怒りが籠《こも》っている。

「青木元中尉の書かれた、ベストセラー本がありましたね。題名は『特攻の夢』でしたかね。『特攻の真実』じゃないんですね。この神山一平の遺書もまた、特攻の真実ですよ。確か青木元中尉の本も、この平和特攻会館に並べるように活動していらっしゃるんでしたね。それなら、その本の横に、この遺書もぜひ並べてもらいたい。どちらの真実が人々の共感を得るのか、試してみようじゃありませんか。もちろん、今日、あなたが連れて来られた若い士官たちにも、ぜひこの遺書を読んで欲しいですね。そのあとで、もう一度、特攻について、どう考えるのか、きいてみませんか」

「それは駄目だ。許せない」

吉永がいった。声が歪《ゆが》んでいた。

その時、藤田の携帯に着信があった。藤田は、少し離れた場所に移って、電話に出た。通話を終えると、その場所から、大きな声で吉永にいった。

「坂西勝利さんが殺された日、副大臣も同じ西日本鉄道の特急列車に乗っていましたね？」

「馬鹿《ばか》なことを言わないで欲しい。私は坂西という男は知らないし、西日本鉄道に乗ったこともない」

「それならどうして、西鉄久留米駅のホームの防犯カメラに、副大臣が映っているんでしょうかね。しかも、その日時は、坂西勝利さんが殺された直後なんですが。知覧に来られるご予定があったとしても、普通は新幹線に乗りますよね。説明していただけますか」

歩み寄りながら、藤田がいった。

重い沈黙が生れた。

十津川は、じっと待った。

長い時間が経過してから、吉永がぽつりと言った。

「坂西勝利を殺したことを認めれば、神山一平の遺書を、この平和特攻会館に飾るのは中止してくれるかね？」

それは、十津川にとって、予期しない反応だった。藤田警部も、一瞬驚いた表情になった。

「それは、我々が決めることではありません。しかし、この神山一平さんの遺書を、平和会館に飾るのを止《や》めれば、あなたが坂西さんを殺したことを認めるんですか？」

「ああ、認めてもいい」

「神山かおりさんと、そのお母さんに相談しなければなりませんが、理解してくれるかもしれません」

十津川がそう応じると、吉永は、ひとり言のように話し始めた。

「私は、あの日、この平和特攻会館に行こうとして、西日本鉄道の特急に乗っていた。あの慰霊碑を、もう一度見たかったんだ。新幹線ではなく、西鉄に乗ったのは、昔、父と乗った思い出があったからだ。ところが、車内で一人の老人にぶつかってしまった。その老人は私を口汚く罵《ののし》った。私が謝っても、老人は怒りを収めない。だんだん私の方も腹が立ってきて、つい手が出てしまったんだ。ちょうど列車が揺れたせいもあったかもしれない。老人はよろめいて、強く頭を打ってしまったんだ。私は国会議員だし、防衛副大臣だ。もしも事件になったら、政権を揺るがしかねない。隣国との緊張が高まっているこの時期に、国政を停滞させることは許されないのだ。だから、私はその場から離れた。これが全てだ」

自分に言い聞かせるような口調だった。十津川は、

「坂西さんを殺した動機が、七十数年前の特攻基地での事件にあるということは、お

認めにならないわけですか？」

と、問いかけた。

「絶対に認めない。私は坂西という男など聞いたこともない。名もなく礼を知らない老人に手を出してしまった。それだけだ」

と、吉永はいった。

十津川と藤田は、顔を見合わせた。

「それほどまで、青木元中尉の名誉が大事ですか？」

「当たり前だろう。父は、私の生きがいだ。私が航空幕僚長までなれたのは、父のおかげだ。そして今では、防衛副大臣になった。いつか防衛大臣になったら、父も誉《ほ》めてくれるだろう」

その言葉は、どこか異常だった。しかし、吉永の顔は真剣そのものだった。

「今、あなたは坂西勝利さんを殺したことを認めた。これから福岡県警本部にお連れします。この件について、ゆっくりと話を聞かせてください」

と、藤田警部がいった。

吉永は、やや落ち着いた表情になって、

「若い士官たちを帰してから、お二人と一緒に福岡に行きましょう」

と、いった。

吉永が、士官たちを探しに行った。十津川たちは、それを追おうともせず、黙って待っていた。

帰って来ると、吉永は、静かな声で、二人の刑事にいった。

「では、福岡に行きましょうか。その前に一つだけ言っておきますが、私は、特攻の名誉を守るため、青木元中尉の名誉を守るためなら、どんなことでもしますからね。それだけは、心に留めておいて下さい」

5

福岡県警本部は、奇妙な殺人容疑者を迎えて、動揺した。何しろ、元航空自衛隊幕僚長で、現防衛副大臣である。加えて県警本部長を困惑させたのは、容疑者吉永昭三の奇妙な条件だった。

殺人は認める。しかし、動機は、彼が主張する動機でなければならない。もしも、亡くなった父親の名誉を傷つけるような動機を言い立てたり、神山一平の遺書を発表したりすれば、自分は殺人行為を否定し、徹底的に戦うというのだ。

県警本部で、捜査会議が開かれた。この事件をどう扱ったらいいか、会議の目的は、その一点である。

県警本部長がいった。

「警察の仕事の第一は、犯人を逮捕することである。その点で、容疑者吉永昭三は、坂西勝利を西日本鉄道車内で殺した事実を認めている。これによって、犯人は逮捕され、事件は解決した。警察の仕事の第二は、真実の解明である。その点で、容疑者吉永昭三は、本当の動機を自供していない。したがって、真実の解明には至っていない。そこで、この事件をどう処理するか、話し合わなければならない。もしも容疑者吉永昭三の虚偽の動機を、我々が飲めば、この事件は形式的に解決する。しかし、真実の解明にはならない。といって、あくまでも真実を追求すれば、容疑者吉永昭三は、断固として容疑を否定し、徹底的に戦うと明言している。そうなった場合、警察として、真実の動機を明らかにし、真犯人が吉永昭三であることを証明できるかどうか。諸君の意見を聞きたい」

まず、藤田警部が意見を述べた。

「父親の名誉を守るためなら、殺人を告白するという彼の意思は、私から見れば、正直、よくわかりません。しかし、彼にとって、父親の名誉というのは、それだけの価値があるのでしょう。私自身、この事件をどう扱っていいのか、今のところ判断がつきません。ただ、吉永昭三が殺人を否定したら、彼の犯行を証明するには、かなり時間がかかると思います」

次に、警視庁の十津川が指名された。

「私は戦後生まれで、家族や親戚の中にも、特攻隊員はおりません。しかし、今回の事件を追うことになったため、特攻について書かれた本や資料を相当集めて、目を通しました。それでも、特攻について、完全に理解したという自信はもてませんでした。正直にいって、私は、特攻がわかりません。わからないのは当然だと思っています。なぜなら、私は平和の時代に生まれ、その中で生き、一度も戦争を体験したことがないのです。特攻で死んだ若者の中には、わずか十七歳だった少年が、何人もいます。今、特攻で死ねるか、と尋ねられれば、私は、死ぬのは嫌だとしか答えられません。しかし、戦争末期に、私が十七歳だったとすれば、特攻を肯定し、敵艦船に爆弾を積んだ飛行機で体当たりしていたかもしれません。

これはあくまでも、戦中だとしたらの話です。今ではありえないことです。だから、今回の容疑者の言動も、ありえないことで、理解に苦しむのです。

吉永昭三は、特攻隊長だった父親を尊敬し、彼の名誉を守るためなら、殺人犯になってもいいという。この感情は、今を生きる私には、完全には理解できません。理屈としては理解できるのですが、それは所詮《しょせん》、数式を解くようなもので、数式の上では解けても、気持ちの上で理解できないのです。

しかし、ひとかけらも理解できないかといえば、そうでもありません。今回の容疑者が、父親の名誉を守るために、あるいは特攻の崇高さというものを守るために、殺人を認めるという気持ちに関しては、どこかわからないでもないのです。

現在の私たちには、本当に命を賭《と》して守りたいものはありません。命を賭して信じられるものもありません。それはある面で、平和で良い時代なのですが、どこかで苛《いら》立《だ》ちを覚え、悲しい気持ちにもなってきます。

その点、容疑者吉永昭三には、命を賭してまで、殺人という罪を認めてまで、守りたいものがあるのです。そして、それが羨《うらや》ましくも思えるのです。

冷静になれば、簡単に彼の主張を認めるわけにはいきません。本部長が言われたように、事件の真相を解明するのも、我々、刑事の重大な仕事だからです。なにより、坂西さんがなぜ殺されなければならなかったのか、被害者のためにも解き明かさなければなりません。

現在の気持ちとしては、彼の殺人を証明し、同時に真相を追及したいと考えています。ただ、時間がかかることは間違いありません。吉永昭三も、必死に真相を隠そうとするはずだからです」

十津川に対して、本部長が質問した。

「問題の神山一平の遺書だが、知覧の平和特攻会館が、展示に応じると思っているのかね」

「多分、許可しないでしょう。しかし同時に、青木元中尉の『特攻の夢』もまた、展示しないと思います。平和特攻会館も、特攻の名誉を守ろうと努めるからです」

と、十津川はいった。

捜査会議は、三日間続いた。

警視庁と福岡県警の上層部が話し合い、警察庁の判断を仰いだ結果、吉永昭三を坂西勝利殺害の容疑で、正式に逮捕した。

しかし、動機については、吉永昭三の主張を、結局そのまま受け入れた。政治的に、何らかの取引があったという者もいた。

また、十津川が予想したように、青木元中尉の書いた本も、整備班長神山一平の遺書も、平和特攻会館に展示されることはなかった。

十津川は、平和とは、特攻とは何だろうかと、繰り返し考え続けている。

この作品は二〇二〇年一月新潮社より刊行された。

この作品はフィクションです。
実在の人物、場所とは一切、関係ありません。

西《にし》日本《にっぽん》鉄道《てつどう》殺人《さつじん》事件《じけん》

新潮文庫　に－5－43

令和四年三月一日発行

著者　西《にし》村《むら》京《きょう》太《た》郎《ろう》

発行者　佐藤隆信

発行所　株式会社　新潮社

郵便番号　一六二―八七一一
東京都新宿区矢来町七一
電話　編集部(〇三)三二六六―五四四〇
読者係(〇三)三二六六―五一一一
https://www.shinchosha.co.jp

価格はカバーに表示してあります。

乱丁・落丁本は、ご面倒ですが小社読者係宛ご送付ください。送料小社負担にてお取替えいたします。

印刷・大日本印刷株式会社　製本・加藤製本株式会社

ISBN978-4-10-128543-6 C0193